KB195647

어쩌다
강남역 분식집

어쩌다
강남역 분식집

윤진선 지음

프롬북스
frombooks

프롤로그

바쁘게 돌아가는 강남역 한복판, 도시의 소음 속에서 나는 분식집으로 출근한다. 오늘도 어김없이 주방에선 떡볶이가 끓고 있고, 갓 말은 김밥에선 고소한 참기름 냄새가 난다. 분식집 안은 손님들로 분주하고, 활기찬 에너지가 가득하다. 강남역 분식집에서 사람들과 만나는 모든 순간들은 나의 특별한 일상이 되고 있다.

사실 내가 분식집에서 일한 지는 그리 오래되진 않았다. 한때는 국내 대기업과 외국계 회사에서 일하며 커리어를 나름 탄탄하게 쌓아나갔던 나다.

하지만 결혼과 출산, 육아는 이제껏 내가 차곡차곡 성실하게 쌓아온 인생의 흐름을 송두리째 바꿔놓았다. 경력단절이라는 현실은 생각보다 더 차가웠고, 다시 일터로 돌아가기 위해 내가 고를 수 있는 선택지는 많지 않았다.

새로운 도전을 하고 싶었고, 그중 분식집에서 일하는 것은 여러 선택지 중 가장 현실적인 선택지였다. 그렇게 나는 '어쩌다 강남역 분식집'이라는 타이틀을 얻게 되었다.

솔직히 말하자면 나도 분식집에서 일한다는 것이 처음에는 너무 두려웠다. 단순히 내가 한 번도 해보지 않은 새로운 일이기 때문만이 아니라, 과연 내가 분식집에서 일을 잘할 수 있을까, 손님 응대는 잘할 수 있을까, 나는 내 역할을 잘 해낼 수 있을까, 분식집과 가정생활을 병행해서 잘 꾸려나갈 수 있을까, 모든 것이 걱정되었다.

분식집이라는 작은 공간 안에는 우리가 예상치 못한 많은 삶의 이야기가 숨어 있다. 마치 유명 일본 드라마 〈심야식당〉처럼 말이다. 손님들과의 짧은 인사 속에서도 마음이 오고 가고 진솔함이 묻어난다. 나는 이곳에서 단순히 일만 하는 것이 아니라 자신을 다시 발견해 나아가는 여정을 가고 있는 것이다.

분식집에서 보내는 일상은 그렇게 내 인생의 질문들에 대한 답을 하나씩 찾게 해주었다.

분식집은 내게 인생의 단짠을 가르쳐준 곳이다. 때로는 짠맛이 강하게 느껴져 입술이 아리기도 했지만, 그러면서 단맛을 찾는 방법을 배웠다. 분식집에서 보내는 하루하루가 작은 조각들처럼 모여 내 삶의 레시피를 채워주고 있다. 떡볶이처럼 매콤한 강렬한 순간도 있고, 라면국물처럼 뜨끈하게 마음을 달래주는 순간도 있다. 어떤 맛이든 인생이라는 레시피에 들어가는 모두 소중한 재료다. 그리고 이 맛들이 모여 지금의 나를 만들어주었다.

분식집에서 보고 느끼고 배우고 깨달은 것을 이 한 권의 책에 담았다. 소소한 경험 속에서도 삶의 의미를 찾을 수 있다. 그 과정에서 얻은 깨달음을 독자와 나누고자 한다. 김밥과 떡볶이처럼 평범하지만 그 속에 특별한 맛이 숨어 있듯이, 이 책의 평범한 이야기들 속에도 다양한 삶의 맛이 들어 있다. 당신의 삶에도 분식집과 같이 소박하지만 정겨운 공간이 있을 것이다. 그곳을 매일 이야기로 채워 당신만의 특별한 인생 레시피를 완성하기를 바란다.

오늘도 분식집 문은 열리고, 손님들이 하나둘 들어온다. 나는 손님들을 활짝 미소 짓는 얼굴로 맞이하며 하루를 시작한다. 오늘은 또 어떤 새로운 이야기가 나를 기다리고 있을지 궁금하다.

오늘 내가 채워갈 레시피는 무엇일까?

차례

4   프롤로그

1장

단
짠
한

인
생

13   안녕하세요. 강남역 분식집입니다

19   어쩌다 분식집, 성장하는 우리 가족

26   My name is 꼬까

31   떡볶이가 만들어준 사진첩

37   어쩌다 만난 손님, 뜻밖에 발견한 역지사지 의미

42   친절을 무기로, 때로는 방패로

48   열정보단 요령껏

54   다이아몬드 멘탈 테스트, 똥꼬검사

60   인생의 쓴맛과 위로, 아이스 아메리카노와 레쓰비

66   분식집에서 배운 인생의 우선순위

2장

눈치 보지 않고 나답게

75   여기서 담배 피우면 안 돼요

82   쓰레기는 쓰레기통에

88   사라져가는 전화 예절

95   걱정마라~탕

101   내가 만난 알바님들

110   모두를 만족시킬 수는 없다

117   손님은 왕이 아니다

125   감사한 마음을 담은 서비스

131   싱가포르 손님과 나눈 정情

137   훑어보는 습관

144   경단녀가 사는 법

3장

분식집에서 인생을 배우다

153   스마트폰 시대

159   김밥의 누명

166   바구니로 맺어진 인연

172   1달러, 처음 받은 팁

178   성형미인은 옛말

185   분식집의 딜레마, 요청사항

192   진심이 담긴 말

198   결정의 미로

204   분식집엔 짜장면이 없어요

210   의문의 손님, 맛과 멋을 연구하는 사람

4장

어
쩌
다
마
주
친

사
람
들

219 엄빠카드, 법카보다 더 좋은 건 내 카드

225 사탕이 전하는 큰 행복

231 단골손님

239 내 인생의 레모네이드

246 비움과 채움

253 그리운 돈의 온기

260 분실물 보관함

267 퇴근 후 일탈의 즐거움

274 환자복을 입고 온 손님

281 어쩌다 분식집, 어쩌다 인생

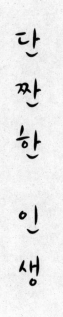

1장

단
짠
한

인
생

안녕하세요,
강남역 분식집입니다

대한민국 수도 서울, 그중에서도 강남. 지하철역에서 내리면 서부터 발 디딜 틈 없는 인파에 쏠려 내 의지와는 상관없이 출구를 향해 나아간다. 사람뿐 아니라 자동차, 버스, 택시, 이 모든 것들이 언제나 바쁘게 움직인다. 또각또각, 뚜벅뚜벅, 발걸음소리와 함께 뛰뛰빵빵 클랙슨 소리가 끊임없이 역동적으로 들려온다.

오빠 강남스타일~ 오~ 오~ 오~ 오빠 강남스타일~

2012년 케이팝 히트곡 싸이의 〈강남스타일〉. 따그닥 따그닥

말춤의 손동작과 강남이라는 지명을 세계적으로 알린 노래다. 이 노래가 증명하듯 대한민국에서 내로라하는 멋진 사람들과 스타일리시한 사람들이 모이는 장소 하면 떠오르는 곳, 트렌디한 패션 스타일을 한눈에 볼 수 있는, 활기찬 에너지가 넘치는 곳이 바로 강남이다.

우리 어디서 만날까? 친구와 가족, 연인과의 약속, 혹은 회식 장소를 잡을 때 떠오르는 곳도 바로 강남이다. 이곳에는 스타벅스와 같은 프렌차이즈 카페부터 한식, 중식, 일식, 양식 등 세계 여러 나라의 음식을 파는 곳이 많다. 케이크, 와플, 파이, 그리고 탕후루까지 달다구리하고 보기만 해도 너무 예뻐서 포크를 갖다 대기가 미안한 디저트 가게들이 즐비하다. 맥주, 소주, 양주, 와인, 칵테일 등 온갖 도수의 알코올을 파는 술집까지 있을 건 모두 다 있다.

하루 24시간, 1,440분, 8만 6,400초. 강남은 8만 6,400번의 초침의 움직임도 느리게 느껴질 정도로 바쁘게 돌아가는 곳이다. 형형색색의 간판과 눈을 쉴 새 없이 굴리게 만드는 화려한 도시, 이 모든 것이 모여 있다.

30년 이상 된 노포도 있다. 꼬끼꼬끼 치킨호프, 시골야채된장, 금강바베큐치킨⋯⋯. 하루에도 수십 개의 간판이 내려가고 새로 올라가는 것이 이상하지 않은 이 강남역에서 터줏대감처럼 전통을 이어온 곳이다. 치킨이라면 이런 맛이, 된장비빔밥이라면 이 맛이 원조다 자부하며 수십 년 동안 자신의 맛을 유지하고 터줏대감처럼 제자리를 지키고 있다.

바쁘고 화려한 강남역에도 따뜻하고 정겨운 분식집이 있다. 싸이의 노래처럼, 세련되고 쿨한 라이프스타일 속 소탈함처럼, 강남역에도 소박한 분식집이 제자리를 지키며 역사를 이어가고 있다. 어찌 보면 아이러니하다. 지금 나는 이곳 강남역 분식집에서 일하고 있다.

이곳엔 어떤 손님들이 올까? 데이트하는 연인? 음⋯⋯ 아무리 생각해봐도 이건 아니다. 첫 만남에 퇴짜 맞을지도 모른다. 데이트할 때는 분위기 근사한 곳을 가야 한다. 분식집에서 떡볶이와 김밥을 먹으면서 데이트를 하다니, 그러다 옷에 떡볶이 국물이라도 튀면 어쩌려고. 생각만 해도 재앙이다. 암요 암요⋯⋯.

데이트할 때는 포크로 면발을 조심스럽게 돌돌 말아 수저에 살포시 얹어 먹을 수 있는 음식을 먹어야 한다. 이왕이면 입을 작게 앙 벌리며 수줍게 웃을 수 있는, 최대한 여성스러움을 어필할 수 있는 파스타 같은 음식을 먹어야 한다. 만약 나에게 분식집에서 첫 데이트를 하자고 한다면, 나는 당당하게 'No!'라고 외치겠어.

인근 주민? 눈을 크게 뜨고 아무리 둘러봐도 빌딩숲이다. 게스트하우스나 원룸, 리빙텔, 쉐어하우스가 있긴 하다. 혼자 살면서 치킨, 피자, 족발은 배달시켜 먹기에 양이 부담스럽다. 한 끼 식사는 간단하게 김밥이나 떡볶이가 좋다. 적당하게 배 채우기 완벽한 곳이다. 포장해서 집에 가면 편하게 먹을 수도 있다.

직장인? 보통 점심시간은 한 시간인데 멀리 가기는 귀찮을 거다. 한 끼 식사쯤이야 빨리 먹고 커피 마시거나 잠깐 눈 붙이는 게 훨씬 이득이다. 가깝고, 밥 빨리 나오고, 빨리 먹을 수 있는 곳이 최고다. 그야말로 빨리빨리 식사를 해결할 수 있는 곳이 바로 분식집이다.

혼밥? 밥을 꼭 둘 이상 같이 먹어야 하나? 이제는 혼자서 밥을 먹는 일이 흔하다. 더구나 분식집은 초급 혼밥러가 가기 좋은 곳이다. 남들 눈치 안 봐도 되고, 내가 먹고 싶은 메뉴를 내

속도에 맞추어, 내 방식대로 먹기에 참 좋다. 분식집에 오는 혼밥러는 생각보다 많다.

이렇게 분식집은 학생부터 직장인까지 한 끼 식사를 간단히 해결하거나 도란도란 이야기 나누기 좋은 장소다. 입구부터 풍기는 맵짠단짠 떡볶이와 꼬불꼬불 라면, 익숙하지만 입맛을 다시게 만드는 냄새가 풍긴다. 바쁜 일상 속에서 잠시 여유를 가질 수 있는 곳이다. 강남역에는 어울리지 않을 것 같지만, 한국인의 소울푸드를 파는 소박하고 정겨운 분식집에서 나는 일한다.

강남역은 화려하고 힙한 장소다. 주목받기 좋아하고 으쓱대기에 적합한 장소다. 이와 달리 강남역 분식집은 남들의 이목에서 벗어나 소소한 시간을 즐기기에 좋은 곳이다. 질소가 가득 차 있는 빵빵한 감자칩 포장이 강남역이라면, 포장을 뜯어야 진면목을 보이는 바삭한 감자칩이 바로 강남역 분식집이다. 어떠한 모양과 재질로 포장되어 있든 감자칩은 감자칩이다. 본질은 변하지 않는 것처럼 이곳이 분식집이라는 사실은 변하지 않는다. 그리고 나라는 사람도 어느 장소에서 어떤 일을 하든 나라는 사실이 달라지지 않는 것처럼, 강남역 분식집에서 일을 하는 사람도 나름 아닌 나다.

어쩌다 분식집에서 일을 하게 되었지만, 이곳에서 보내는 시간들은 이제 내 인생의 한 부분을 차지하고 있다. 그리고 오늘도 난 나만의 인생 레시피를 채워가고 있다.

오늘의 인생 레시피	어디에 있든 '나'는 변하지 않는다. 나 자신을 믿자!

어쩌다 분식집,
성장하는 우리 가족

사실 나도 잘 모르겠다. 내가 왜 분식집에서 일하고 있는지. 제목처럼 그냥 '어쩌다'이다. 어쩌다 보니 분식집 홀에서 일하게 되었고, 지금은 또 어쩌다 보니 이렇게 글을 쓰고 있다. 운명이 나를 이곳으로 이끈 것일까? 분식집에서 일하면서 겪은 경험과 생각을 글로 마음껏 펼쳐보라는 뜻인가? 아직도 아리송하고 이렇다 할 정답을 찾지 못했고, 어쩌면 애초부터 정답이 없었을 수도 있겠다. 하지만 자석의 N극과 S극이 서로를 끌어당기는 것처럼, 무언가에 이끌려 지금 나는 강남역 분식집에서 일하고 있다.

나는 고등학교 졸업 후 서울 소재 대학교에 입학하였다. 성적 우수 장학금을 받으며 다닐 정도로 학업을 게을리하지 않았다. 내가 쓸 용돈은 내가 벌자는 마인드로 학교생활과 과외, PC방 아르바이트, 연수원 아르바이트, 피자집 아르바이트 등을 병행했다. 생각해보니 이때도 분식집 알바는 안 해봤다. 졸업 후에는 이름만 대면 누구나 알 만한 대기업에 입사했고, 회사 내에서도 실력을 인정받아 승승장구했다. 그랬던 내가 41세가 된 지금은 분식집으로 출근하고 있다.

한 달 전 주말 아침, 혼자 집에 있을 때다. 남편과 아들은 외출했고, 나는 늦은 아침을 차려 먹고 무료한 시간을 때우기 위해 텔레비전을 켰다. 마침 내가 아직 보지 않은 영화 〈82년생 김지영〉이 나오고 있었다. 베스트셀러 도서가 원작인데다 워낙 이슈가 많았던 영화다. 그래서 자의인지 타의인지는 몰라도 지금껏 영화를 보지 않고 있었다.

영화는 30대 여성 김지영이 결혼과 출산 후 겪게 된 사회적 문제와 개인적 어려움을 담아내고 있다. 한번은 김지영이 빵집에 붙어 있는 아르바이트 전단지를 보고 남편에게 이 일을 하고 싶다고 말한다. 아이가 어린이집 가 있는 동안 경제활동을 하고 싶다고 말이다. 십분 공감이 가면서 마음 한구석이 뭉클해졌다. 나는 출산 후 육아를 하기 위해 회사를 그만두었다. 나중에 후회할 수 있다며 가족과 지인, 직장동료들이 만류하기도 했다. 하지만 그때의 나는 나름 최선의 선택을 했고, 결국 회사를 떠났다.

육아로 인해 집에 있는 시간은 생각보다 길었다. 20대 이후 한 번도 경제활동을 쉰 적이 없는데 가만히 집 안에서 가사와 육아를 하는 삶이 나를 도태시키는 것 같아 우울해졌다. 그래서 일과 가사노동, 육아를 겸할 수 있는 일을 찾아서 했다. 원고 쓰기, 쇼핑몰, 방과후수업 강사 등 프리랜서로 비교적 시간 조정이 자유로운 일을 하며 떨어지는 자존감을 지키기 위해 노력했다.

아이가 열 살이 되던 해 어느 날, 월요일부터 금요일까지 하루 여섯 시간 분식집에서 일하게 되었다. 홀과 카운터를 담당하고, 인력 관리와 홍보 마케팅 일도 겸했다. 처음 가족과 친한 친구에게 분식집에서 일하겠다고 말했던 때가 생각난다. "나 강남역에 있는 ○○분식집에서 일하려고." 내 이야기를 듣더니 친구가 격양된 목소리고 말했다. "네가 왜?" 나는 아무 대답도 할 수 없었다. 그나마 이유를 꼽아보자면……, 수년 동안 따르던 선생님이 계셨는데 강남역에 분식집을 차리면서 자연스럽게 일을 제안받게 되었고, 그래서 여기까지 오게 되었다고 할까. "힘들지 않겠어?" "일할 수 있는 다른 곳도 많은데 왜 분식집이야!" "네가? 네가!"와 같은 반응이 대부분이었다.

아, 이런 일도 있었다. 남편이 회사 부하직원에게 아내가 분식집으로 출근한다 말했더니, 부하직원이 심각한 표정으로 이렇게 말했단다. "차장님, 집에 무슨 일 있으세요? 힘드세요? 사모님이 왜 분식집에서 일을 하세요?"

분식집에서 일한다고 하니 하나같이 '왜?' 우려와 만류의 목소리로 묻는다. 분식집에서 일하는 것이 걱정할 만한 일인가? 나도 처음에는 "제가요? 저 못해요!"라고 말했다. 사실 지금도 가끔 '내가 왜 여기서 일하고 있지?' '언제까지 일해야 하나?'라는 생각이 문뜩문뜩 들기도 한다. 그때 남편의 한마디가 지금의 나를 있게 해주었다.

"자기는 사람들 만나는 것도 좋아하고, 일하는 것도 좋아해. 그리고 우리 아이도 열 살이 되었으니 이제는 집에 혼자 있어도 자기 할 일은 스스로 할 수 있는 때가 되었어. 분식집 일을 계속하라는 건 아니고 자기가 좋아하는 일, 하고 싶은 일을 찾을 때까지 한번 해봐. 하루에 여섯 시간 근무니까 체력적으로도 덜 힘들 것 같아. 아이 학교 보낸 뒤 출근하고, 또 저녁식사 전에 퇴근해서 오니까 아이한테도 부담이 되지 않을 것 같아."

남편의 이 말이 아니었다면 지금 나는 분식집에서 일하고 있지 않았을 것이다. 그랬다면 이렇게 컴퓨터 책상에 앉아 글을 쓰고 있지도 못했을 테고. 내게 용기를 준 남편이 참 고맙다.

겨울방학, 열 살인 아들이 처음으로 집에서 혼자 시간을 보냈다. 방학이 되면 늘 내가 일을 잠시 쉬고 아이와 함께 집에서 지냈는데, 그해 겨울방학은 달랐다. 나는 아침을 차려주고 출근, 아들은 체육교실을 다녀오는 것으로 일과를 시작했다. 그리고 영어학원과 수학학원. 이제 학원 스케줄은 아들 스스로 챙겨야 할 일이 되었다. 집에 있는 시간에는 숙제를 하고, 시계를 봐 학원 갈 시각을 스스로 체크했다.

그런데 문제가 하나 있었다. 바로 점심식사였다. 내가 미리 반찬을 만들어 냉장고에 채워놓았지만, 아이는 가끔 라면도, 짜장면도, 햄버거도 먹고 싶은 나이였다. 그래서 아이의 핸드폰에 배달앱을 설치해주었다. 주소와 카드 정보를 입력해주고 주문 최소금액과 배달비 보는 법을 알려주었다. 그렇게 가끔 배달앱에서 먹고 싶은 것을 스스로 주문해서 먹도록 가르쳤다.

아, 아들이 처음으로 배달주문을 했던 때가 생각난다.

"엄마, 짜장면 먹고 싶어."

"응, 알았어. 저번에 엄마가 알려준 쿠팡이츠 알지? 먹고 싶은 거 직접 한번 시켜서 먹어봐!"

"응."

전화를 끊고 얼마 되지 않아 카드승인내역 문자가 왔다. 결제금액 27,800원. 응? 이건 뭐지? 배달음식 금액인가 싶어 빠르게 쿠팡이츠 배달앱에 들어갔다. 아들의 첫 배달은 중국집이다. 도대체 무엇을 시켰기에 혼자서 먹는 음식이 27,800원이나 나왔을까 궁금했다. 주문한 메뉴를 보니, 1인 짜장면+탕수육 세트에 군만두를 추가했다. 우와! 야무지고 똘똘한 아들이다. 자기가 먹고 싶은 것을 진짜 다 시켰다. 대견하면서도 헛웃음도 나왔다. 이걸 정말 혼자서 다 먹을 수 있을까? 혹시 배부른데 무리해서 먹지 않을까 싶어 전화를 걸었다. 나는 배달주문은 잘 되었고, 처음으로 배달앱 주문을 성공한 것에 대해 칭찬해주었다.

몇 분 뒤, 음식이 집에 도착했다. 아이는 혼자서 배달주문을 했다는 사실에 신이 났는지, "엄마 내가 짜장면하고 탕수육하고 군만두가 먹고 싶어서 전부 주문했어!" 자랑했다. 그래 잘했어 아들아. 엄마도 밥 차려 먹기 힘들 때가 있어. 이럴 때 가끔 배달도 시켜 먹어야지.

노파심에 한마디를 더했다. 그런데 먹고 싶은 것이 있다고 해서 언제나 다 시켜 먹을 수는 없단다. 혼자서 먹을 수 있는 양을 주문해야 한단다. 그리고 거리에 따라 배달비는……. 마지막으로 맛있게 먹으라는 말까지 잊지 않고 전했다. 이렇게 나는 아이에게 배달앱 사용법과 경제관념까지 심어주었다.

그해 겨울, 강남역 분식집으로 출근과 더불어 우리 가족은 바뀐 일상과 역할에 적응해가며 새로운 가족 라이프를 만들어갔다. 그리고 또 한 발자국 성장했다.

오늘의
인생 레시피

목마른 사람이 우물 판다.

My name is
꼬까

김태호 피디의 예능 〈My name is 가브리엘〉. 아무도 나를 모르는 외국에서, 세계 80억 인구 중 한 명으로, 72시간 동안 '가브리엘'의 삶을 살아보는 프로그램이다. 어느 금요일 밤, 티브이 채널을 돌리다가 지창욱 배우 편을 우연히 보게 되었다. 지창욱 배우는 멕시코 과달라하라로 날아가 테킬라의 원료인 아가베를 수확하는 히마도르로 일했다. 그의 이름은 '뻬뻬'. 아가베를 수확하라는 미션도 받았다. 그는 이틀간 37도가 넘는 더위 속에서 땀 흘리고 코피도 흘려가며 아가베 1톤을 수확한다. 그런데 4,000페소를 받은 동료들과 달리 이틀간 노동의 대가로 고작 400페소, 3만 원을 받는다. 동료들이 수확한 양에 비해 한참 못 미쳐 돈을 조금 받을 수밖에 없었다. 하지만 그는 자신의 주급으로 꼬까 20병을 살 수 있다는 말과 함께 "내가 꼬까 살게" 하고 동료들을 이끌고 레스토랑으로 간다. '꼬까'가 뭐냐고? 꼬까는 바로 지창욱 배우가 삐삐의 삶을 사는 72시간 동안 계속 찾은 음료이다. 일하는 동료들과 레스토랑을 갔을 때도 동료들은 모두 맥주를 주문했지만 그는 혼자서 꼬까를 외쳤다.

방송을 보면서 나는 마음속에 큰 떨림을 느꼈다. 그가 피땀 흘려가며 일하는 모습이 아니라, 꼬까를 마시는 모습을 보면서 말이다. 아, 꼬까는 '코카콜라'를 줄여서 부르는 말이다.

분식집에서 일하면서 가장 바쁜 시간은 당연히 점심식사 시간이다. 그중 12시부터 2시까지가 제일 바쁘다. 매장에 손님이 가장 많은 시간이고, 배달의민족 주문~ 주문~ 주문~, 주문이 끊이지 않는다. 매장뿐만 아니라 배달과 포장손님이 즐비하기 때문이다.

손은 어느 때보다 빠르게 움직여야 하고, 음식이 나온 접시를 향해 정확하게 뻗어야 한다. 주문서 목록과 주방에서 나온 음식이 같은지 눈동자를 굴려 확인해야 하고, 손님이 앉은 좌석

번호를 향해 발을 본능적으로 움직여야 한다. 한참을 그러다 보면 어느새 숨이 차고, 땀방울이 송글송글 이마와 등줄기에 맺힌다.

 이럴 때 필요한 것이 바로 꼬까다. 꼬까는 평범한 음료가 아니다. 이 꼬까 한 모금이 주는 강력한 청량감은 그 어떤 음료와도 비교할 수 없을 정도로 나에게 만족감을 준다. 냉장고 문을 열자마자 느껴지는 시원한 냉기처럼, 캔은 매몰차게 차갑다. 뚜껑을 열자마자 들리는 소리와 톡 하고 입안과 목구멍을 강타하는 탄산은 기도 끝까지 올라온 피로를 날려버리는 데 아주 효과적이다. 특히 흘린 땀을 식히고 지친 마음을 달래주는 데는 시원하고 짜릿한 꼬까만 한 게 없다. 한 모금만 마셔도 느껴지는 꼬까의 달달함과 탄산이 가득 채워주는 목 넘김은 그 자체로 충분하다. 스트레스를 해소하는 데 아주 제격이다.

 그렇다고 제로콜라도 꼬까냐고 말하면 안 된다. P사도 아닌 C사에서 나온 오리지널 콜라만이 꼬까다. 최근에 저칼로리 음료가 인기를 끌면서 기존의 상표 앞에 '제로'가 붙은 제품이 많이 생겼다. 제로칼로리, 제로슈거, 365일 매일 다이어트를 하고 있는 나지만 제로가 아닌 오리지널 꼬까를 찾는 이유는 명확하다. 제로슈거는 주지 못하는 충만한 달달함과 곧 폭발할 것만 같은 탄산, 이로써 채워지는 쾌락이 있다. 이를 뒷받침하는 과학적인 근거도 있다. 제로콜라에는 당이 없고, 꼬까에는 당이 들어 있다. 당은 신체의 에너지원이니 힘을 솟게 하는 원천이기도 하다. 아무래도 꼬까를 찾는 이유는 당 보충, 이것 때문인 것 같다.

중고등학교 시절 일이다. 엄마와 동생은 마트에 장을 보러 가기 전에 나에게 꼭 물어보았다. "뭐 사다 줄까?" "응, 콜라." 한 치의 망설임 없이 대답했다. 학창시절 나는 스트레스를 콜라를 마시는 것으로 풀었다. 당시 콜라를 많이 마시면 얼굴이 까매진다는 우스갯소리도 떠돌았는데, '얼굴 좀 까매지면 어때' 하며 백옥피부를 가볍게 무시할 정도로 콜라를 마셨다. 하루에 콜라 다섯 캔을 먹을 정도였으니까 말이다. 그래서인지 나의 피부는 우유 빛깔과는 거리가 조금 멀다.

시험 스트레스, 입시 스트레스를 풀기 위해 그리고 알코올 섭취가 합법화되는 나이가 될 때까지 나에게 콜라는 스트레스 해소제이자 일탈이었다. 갈증 해소와 동시에 나의 마음에 톡톡 튀는 상쾌한 작은 쉼표를 찍어주었다.

꼬까 안에 도대체 무엇이 들어 있기에 사람을 이리도 매료시키는 걸까? 꼬까가 아니면 안 되는 이유는 무엇일까? 곰곰이 생각해보았다. 일단 꼬까는 세계 어느 곳에 가더라도 언제든지 돈만 있으면 사 먹을 수 있다. 그만큼 쉽게 찾을 수 있는 음료다. 그리고 한 모금만 마셔도 청량함과 일탈을 느끼게 해준다.

문득 나도 꼬까 같은 사람이 되고 싶다는 생각을 해본다. 콜라가 주는 상쾌함과 활기처럼 긍정적인 에너지를 퍼뜨리는 사람 말이다. 콜라의 톡 쏘는 탄산처럼 매력적이고, 마시는 순간 느껴지는 청량감처럼 기분을 상쾌하게 해줄 수 있는 사람. 속상하거나 지친 마음을 가볍게 해줄 수 있는 사람. 문제가 생겨도 긍정적인 마음을 가질 수 있도록 어둠 속에서도 빛이 되는 사람. 그리고 탄산이 어디로 튈지 모르는 것처럼 짜릿하면서도 독특한, 하지만 언제 어디서든 필요한 순간에 함께하고 싶은 사람 말이다.

오늘의
인생 레시피

생각만 해도 웃음 지을 수 있고
같이 있기만 해도 기쁜,
청량함 속에 나눌 줄 아는 따뜻한 마음을 가진
꼬까 같은 사람이 되고 싶다.

떡볶이가 만들어준
사진첩

　　강남역 분식집 매출의 3할 이상을 떡볶이가 차지한다. 새빨간 고춧가루를 넣은 국물에 대강대강 썬 어묵과 양배추가 퐁당. 그 사이로 빨간 물을 머금은 뽀얀 밀떡이 빼꼼 고개를 내민다. 매콤함을 간직한 듯 붉고, 윤기가 자르르 도는 그 자태를 보는 것만으로도 꿀꺽 군침이 돈다. 한 국자 가득 떡볶이를 접시에 담아낸다. 모락모락 피어오르는 뜨거운 김과 달콤하면서도 맵싸한 냄새가 사람들을 이곳 분식집으로 향하게 만든다.

　　'한국에 여행 오면 꼭 먹어봐야 할 음식'에 단골손님으로 등장한다. 떡볶이 맛집, 떡볶이 성지, ○○동 떡볶이가 인터넷 검색순위 상위를 차지한다. 스트레스를 받으면 먹고 싶은 음식, 그 시절 먹었던 음식을 떠올리면 당연히 떡볶이가 먼저다.

내 인생 최고의 떡볶이를 꼽으라면? 바야흐로 30년 전 중학교 시절 이야기다. 친구들과 함께 6교시 수업을 마치고 하굣길에 사 먹었던 코끼리분식의 떡볶이. 이곳은 떡볶이 불판이 두 개다. 하나는 빨간색 고추장맛, 하나는 춘장과 고춧가루 아니면 고추장을 섞었는지 매콤한 짜장맛이다. 이 두 개의 불판은 영업을 마칠 때까지 쉼 없이 일한다. 불판 옆에는 커다란 튀김기가 있고, 김말이, 군만두, 오징어튀김, 고구마튀김, 피카츄 돈가스가 있다. 주문이 들어오면 초벌된 튀김을 달궈진 기름에 넣어 다시 한번 튀겨 바삭하게 내어준다.

나의 최애 메뉴는 김말이가 들어간 짜장컵볶이다. 짜장맛 불판에서 끓고 있는 떡볶이 떡과 어묵, 그리고 갓 튀겨낸 김말이를 사선으로 갈라 종이컵에 넣어준다. 가격은 단돈 500원. 500원에 떡볶이도 먹고, 당면이 통통하게 들어간 바삭한 김말이도 먹을 수 있다. 그리고 무엇보다 매콤한 짜장소스가 배인 밀떡과 소스에 촉촉하게 젖은 김말이를 먹으면 너무나도 행복했다. 500원의 행복이랄까?

엄마가 아침에 싸준 도시락도 분명 점심시간에 다 먹었다. 그런데 하굣길의 코끼리분식 떡볶이는 왜 피해갈 수 없는 장소가 되었는지 아직도 모르겠다. 떡볶이도 맛있었지만, 친구들과 함께하던 시간이었기 때문 아니었을까? 이쑤시개로 떡 하나를 콕 집어먹는데도 뭐가 그리 웃겼는지. 혹시라도 떡볶이 국물이 교복에 튀기라도 하면 너도나도 손가락으로 가리키며 얼마나 웃었는지 모른다. 너는 밀떡파야? 쌀떡파야? 하면서 결론이 없는 논쟁을 왜 매번 반복해서 했는지.

지금도 가끔 코끼리분식의 짜장떡볶이가 생각난다. 7년 전쯤 옛 추억을 떠올리며 버스를 타고 코끼리분식에 혼자 다녀온 적이 있다. 가게도 그 위치에 그대로, 떡볶이 불판도 그대로 있었다. 그러나 주인이 바뀐 걸까? 같은 메뉴를 주문해서 먹었는데 예전 하굣길에 사 먹었던 그때의 맛이 아니었다. 젊음과 생기, 걱정 하나 없이 환하게 웃던 모습이 떠오르지 않는다. 추억의 '김말이 짜장컵볶이' 맛이 아니었다. 아니, 그때 친구들과 함께 먹던 떡볶이는 어디를 가더라도 다시는 먹을 수 없을 것이다.

엄마는 요리를 못하는 것은 아닌데 몇몇 요리는 젬병이다. 그 중에서도 유독 간식으로 만들어주시던 떡볶이는 맛이 정말 별로다(엄마 미안). 고추장을 많이 넣어서 그런가? 떡, 어묵, 양배추, 대파, 들어갈 재료는 다 들어갔는데도 왠지 모를 텁텁함이 느껴졌고, 색깔은 빨간데 맹맹한 맛이 나는 그런 떡볶이였다. 그래서 나는 여덟 살 차이가 나는 쌍둥이 두 남동생에게 떡볶이를 직접 만들어주었다. 엄마의 레시피는 한쪽에 치워버리고, 나만의 레시피를 개발했다. 어린 동생들이 맵지 않게 먹을 수 있는 새콤달콤한 맛을 내기 위해서 케첩을 듬뿍 넣었다. 음…… 떡꼬치양념 같은 맛이 난달까? 토마토케첩과 고추장 그리고 설탕, 이 세 가지가 내가 만든 떡볶이의 시크릿 레시피다. 토마토케첩과 고추장, 설탕을 1 대 1 대 0.5 비율로 넣고, 고춧가루는 취향껏 팍팍 뿌려 양념장을 만들었다. 토마토파스타와 비슷한 맛이 나면서도 맵지 않고 달짝지근한 맛이 난다. 케첩의 새콤함이 입맛을 당기게 하는 게 내 비법이다. 28센티 팬에 가득 만들어도 한 끼면 뚝딱 먹었다. 비엔나소시지를 넣거나 체다치즈, 모차렐라치즈를 올리고 살짝 녹여 먹으면 더욱 맛있었다.

지금은 내 키만큼 훌쩍 큰 아들을 임신했을 때 일이다. 입덧이 심해서 물조차 마시기 힘들었다. 시중에서 판매하는 입덧 완화 팔찌도 착용해보고 사탕, 음료도 먹고 마셔보았지만 별 소용이 없었다. 청양고추를 먹으면 그 얼얼한 맛에 입덧이 줄어든다고들 했다. 그래서 출근 전 매일 아침 청양고추를 몇 개 씻어 도시락에 넣고 다녔다.

당시 회사는 삼성역에 있었고, 집은 강남역 근처에 있었다.

퇴근길마다 뭉친 배를 어루만지며 가는 곳이 있었으니 바로 '죠스떡볶이'다. 얼마 전 그 근처를 배회하다 봤는데 13년 전 죠스떡볶이가 아직도 그 자리, 그 위치에 있었다. 퇴근길마다 죠스떡볶이에 간 이유는 이곳 떡볶이를 먹으면 입덧을 하지 않았기 때문이다. 입덧이 심했던 나에게 허용된 음식이 몇 개 없었다. 사골국물, 사과, 수박과 죠스떡볶이 정도. 이곳의 떡볶이는 다른 집 떡보다 크기가 작고 통통한 쌀떡이었다. 매콤하면서도 달큼한 맛이 특징인데다 쌀떡 특유의 쫀~득한 맛이 참 좋았다. 뱃속에서 꾸욱 발길질을 하던 아들내미도 죠스떡볶이를 먹을 때만큼은 얌전했다. 그래서인지 지금은 "아들……, 오늘 저녁에 떡볶이 콜?" 하면 "쪼아!" 하며 맵짠단짠 떡볶이를 함께 먹는 사이가 되었다.

언제부터인가 떡볶이는 나에게 단순히 요리가 아니라 그 이상의 의미를 가지게 되었다. 고추장맛, 짜장맛, 케첩맛, 다양한 맛의 떡볶이처럼 나의 맵짠단짠 인생의 맛과 뜨거운 열정이 담겨 있다. 스트레스 받으면 뭐? 엽기 떡볶이지~. 우울할 땐 뭐? 배떡의 로제 떡볶이지~. 이렇게 나에게 떡볶이는 위로가 되었고 희망을 주었다. 그리고 친구들, 가족들과 함께한 시간이 담긴, 앨범 속 사진 같은 음식이 되었다.

강남역 분식집의 떡볶이도 누군가의 추억이 될 수 있지 않을까? 이곳에서 떡볶이를 먹으며 즐겁게 이야기를 나누던 추억 말이다. 아빠와 손잡고 온 귀여운 남자아이 손님, 손을 꼭 잡고 들어온 다정한 노부부 손님. 귀에 이어폰을 끼고 흥얼거리며 들어오는 손님. 친구들과 같이 온 중년여성손님. 중학생으로 보이는 앳된 얼굴로 김밥과 떡볶이를 먹던 네 명의 학생 손님들…….

이곳 분식집에서 먹는 떡볶이가 즐거운 추억으로 남겨지길 바란다.
그리고 나는 오늘도 누군가에게 소중한 이야기가 될 떡볶이를 손님들에게 전해드리고 있다.

오늘의
인생 레시피

설탕 한 스푼.
떡볶이에 달달함을 더해주고
인생에는 희망과 기쁨을 더해준다.

어쩌다 만난 손님,
뜻밖에 발견한 역지사지 의미

    부모님, 동생들과 함께 차를 타고 가족 외식에 나선 날, 지금까지도 내 기억에 깊이 남아 있는 식당이 하나 있다. 집에서 차로 15분여쯤 거리에 있는 '연못집'이란 이름의 식당이다. 외식하는 날은 기다림과 설렘의 날이다. 아파트촌에서 그리 멀리 떨어져 있진 않았지만, 차를 타고 가는 길 양옆으로 논과 밭, 나무들이 있어서 먼 거리를 이동하는 것도 아닌데 시골 할머니댁에 가는 느낌이 들었다. 가족 여행을 가는 느낌이랄까? 차 안은 동생들과 나의 왁자지껄한 대화로 에너지가 넘쳤다.

    식당에 도착하면 나를 제일 먼저 반기는 것은 강아지였다. 여자 사장님은 늘 상냥한 미소로 "잘 지냈어?" 하며 맞아주었다.

아빠가 전화로 미리 주문한 닭볶음탕의 매콤하고도 구수한 냄새가 벌써부터 풍긴다.

어릴 적 난 부모님의 손을 잡고 식당에 가서 손님으로서 음식을 기다리고 또 먹기만 하면 되었다. 메뉴판을 보고 주문하면 음식이 나온다. 그저 음식을 맛있게 먹으면 되는 이 과정이 신기하고도 편했다. 집에서도 엄마가 매일 밥을 해주셨지만, 식당에서 먹으면 왠지 대접받는 특별한 느낌이 들었다. 특히 어린이였던 나와 동생들을 위해 도시락 김을 건네주는 사장님은 더욱 친절하게 느껴졌다.

그런데 지금의 나는 손님이라는 역할에서 반대로 손님을 맞이하는 일을 하고 있다. 딸랑, 손님이 문을 열고 들어오는 순간부터 손님이 어느 자리에 앉는지, 테이블오더 사용법은 알고 있는지, 어떤 메뉴를 보고 있는지 살펴봐야 한다. 무언의 표정과 몸짓만으로도 손님이 무엇을 생각하는지 알아차려야 한다. 손님이 나를 부르기 전에 욕구를 미리 파악하고 편안함을 느낄 수 있도록 신경 써야 한다.

'손님은 왕이다' 또는 '손님 없는 곳에 사업도 없다'란 말이 있다. 내가 손님이었을 때는 미처 몰랐던 말이 지금은 뼛속 깊이 각인되고 있다. 손님이 오지 않는 식당은 곧 폐업하기 마련, 손

님을 존중하고 만족시킬 줄 아는 마인드가 성공적인 식당을 만
든다.

식당에서 내어주는 음식을 먹었을 때는 몰랐던 것들, 단순
한 과정으로만 알고 있던 것들이 이곳 분식집에서 일하면서 눈
에 들어오기 시작했다. 음식을 그저 조리만 해서 내어주는 것
이 아니었다. 이를테면 예전에 나는 나보다 늦게 주문한 사람
의 음식이 먼저 나오면 불만이었다. 왜 내가 먼저 와서 자리 잡
고 먼저 주문했는데 저 사람의 음식이 먼저 나오는 거지? 도통
이해할 수가 없었다. 주문한 순서대로 나오는 것이 맞지 않나?
어라! 저 손님은 나보다 늦게 주문했는데 포장이라서 빨리 받
는 건가?

역지사지易地思之. 그때는 몰랐고, 지금은 안다. 분식집에서 일
을 하고 있으니 많은 것이 달리 보인다. 지금은 손님을 맞이하
는 입장이 되다 보니 예전에 몰랐던 것들이 하나씩 이해가 되
기 시작했다. 음식마다 조리시간이 다 다르다. 그래서 내가 음
식을 먼저 주문했더라도 내 뒤의 손님이 주문한 음식의 조리가
간단하면 그 음식이 먼저 완성되기도 한다. 그리고 김밥과 떡
볶이 같은 세트메뉴를 주문하면 이 두 음식이 모두 나와야 손
님 자리로 가져다줄 수 있다. 그런데 김밥과 떡볶이가 준비되

는 시간이 다르다 보니 음식이 늦게 나갈 수도 있다.

왜 종업원의 표정이 불편해 보이는지 알 것도 같다. 유독 나한테만 불친절한 거 아닌가 하고 느껴질 때가 있었는데, 지금은 분식집 카운터와 홀을 보고 있으니 십분 이해가 간다. 손님을 맞이하는 일이지만 사람인 이상 항상 인형처럼 웃고 있을 수만은 없다. 뉴스나 인터넷 기사에서 어떤 연예인이 썩소를 짓고 있어서 불편해 보인다는 기사를 보고 있으면 이런 생각도 든다. 뭐 연예인이 하루 24시간, 365일 연예인인가? 연예인도 사람인데 어떻게 항상 웃기만 할까. 감기에 걸렸을 수도 있고, 배가 고플 수도 있고, 기분이 나쁠 수도 있는데 말이다. 누가 언제 볼 줄 알고 웃기만 하고 있느냐 말이다. 나도 되도록 많이 웃고, 친절하고 상냥하게 말하려고 하지만 아마도 분식집에 온 손님 중 몇 분은 불친절하다고 느꼈을 수도 있겠다. 이 자리를 빌어 심심한 사과의 말씀을 드린다.

혹시나 내 작은 실수 하나가 손님의 기분을 상하게 할까 봐 조심하게 되고, 또 손님이 말하기 전에 필요한 것을 알아차리려고 노력한다. 돌발상황에서 당황하지 않고 능숙하게 대응하는 능력도 갖추려고 한다. 디테일 하나하나가 손님의 마음속에 남을 수도 있겠다는 생각이 들어 책임감도 느낀다. 손님이 강남역 분식집에 들어올 때 첫 번째로 보는 직원이 바로 '나' 아닌가? 그래서 나는 손님이 자리에 앉아 음식을 다 먹을 때까지 불편하지 않고 만족감을 느끼도록 하는 것이 내 역할이라고 생각한다.

손님에서 손님으로. 예전에는 맛있는 음식을 먹고, 서비스를 받으며, 만족스럽게 미소를 지으면서 식당을 나섰다면 이제는 손님이 흐뭇한 미소로 나가는 모습을 바라본다. 그리고 그 모습을 볼 때마다 나도 모를 기쁨이 온몸에 전해진다. 어쩌다가 분식집에서 일하게 되어 처음에는 어떻게 손님을 맞이해야 할지 몰랐지만 이제는 안다. 지금까지 내가 받았던 친절한 응대와 서비스를 떠올리며 손님에게 되돌려주면 된다.

지금의 나는 손님을 맞이한다. 당연히 아직 부족하고 미흡한 점도 있겠지만, 나는 오늘도 강남역 분식집에서 손님에게 최선을 다하려고 노력한다.

오늘의
인생 레시피 | 역지사지가 정답!

친절을 무기로,
때로는 방패로

나는 잘 웃는다. 웃을 때 눈 모양이 초승달 같다고들 한다. 내가 웃기만 해도 기분이 같이 좋아진다는 이야기도 종종 듣는다. 웃을 때 연예인 ○○을 닮았다는 소리를 듣곤 한다. 여기서 ○○가 누구인지 차마 내 입으로 말하기엔 민망하지만, 어쨌든 이건 다 엄마, 아빠가 물려주신 DNA 덕분이다. 감사하다.

나는 2남 2녀 중 맏이로 나고 자랐다. 세 살, 여덟 살 차이가 나는 동생들이 있다. 어렸을 때부터 동생들과 많이 놀아줬다. 그래서인가? 목소리도 낭랑하다. 어쩌다 녹음이 된 내 목소리를 듣게 되면 익숙하지 않아서 부끄럽다. 온몸이 배배 꼬인다.

하지만 명랑한 내 목소리가 어쩐지 마음에 든다.

 친절함은 인생을 좀 더 쉽게 살게 해주는 무기다. 친절함이라는 이 강력한 무기는 요즘과 같은 경쟁사회에서 많은 것을 얻게 해준다. 피에르 라브리의『친절의 중요성: 세상을 바꾸는 작은 행동』이라는 책은 친절한 행동이 사회와 개인에게 긍정적인 영향을 미친다고 말한다. 사반티 니콜라스의『작은 친절의 기적』이라는 책는 일상생활 속 작은 친절함이 어떤 변화를 가져오는지에 대해 설명해준다. 이런 책들만 봐도 '친절함'이라는 기본 소양을 갖추면 인생을 좀 더 쉽고 나에게 유리한 환경으로 만들 수 있다는 점을 알 수 있다.

 인간관계에 있어 가장 기본이 되는 것은 신뢰이다. 친절함은 이 신뢰를 쌓는 데 중요한 역할을 한다. 누군가 나한테 미소 지으며 친절하게 대하면 자연스럽게 마음이 열리고 상대와 신뢰를 쌓을 수 있게 된다. 상대의 친절함이 진심으로 다가온다면, 그 사람과 더 깊은 유대감을 형성할 수 있게 된다.

 인생을 살면서 갈등은 필연적인데 친절은 그것의 완화제 역할을 한다. 직장에서 또 개인적으로 생기는 갈등은 누구나 겪을 수 있는 문제다. '나랑 한번 해보자는 거야?'라는 태도나 표현은 갈등을 증폭시킨다. 이와 반대로 '웃는 얼굴에 침 못 뱉는다'란 속담이 있잖은가? 상대를 향해 씨익 하고 미소 한번 날리면, 상대의 억한 마음도 무너뜨릴 수 있다. 이로써 갈등이 더 큰 분쟁으로 번지는 것을 막고, 상황은 평화롭게 마무리된다. 한편, 이러한 갈등 상황에도 보여줄 수 있는 친절함에는 참을 인(忍), 인내심이 필수다.

친절함은 나의 이미지를 긍정적으로 만들어준다. '당신이 누군가와 첫 만남에서 남기는 인상이 당신을 기억하게 만드는 가장 강력한 도구다'라는 말이 있다. 이처럼 친절함이 묻어난 첫인상은 상대에게 긍정적으로 각인시켜준다. '그 사람은 참 친절해' 하고 뇌가 기억하고, 그와 교류를 하고 싶어진다. 인간관계를 확장시키는 데에도 많은 도움을 준다.

나는 종종 분식집의 온라인 영수증과 배달앱 리뷰를 살펴본다. 리뷰를 보다 보면 별 다섯 개와 함께 '친절해요' 같은 글이 적혀 있는 것을 볼 수 있다. 이런 리뷰들을 보면 손님에게 감사하고, 뿌듯한 마음이 든다. 사실 내가 그 손님에게 어떠한 말과 행동을 했는지 기억나지는 않는다. 하지만 '친절하다'라는 말을 들으면 '내가 그랬었나?' 하고 어깨를 으쓱해지면서 나 자신이 좀 더 긍정적으로 느껴진다. 앞으로도 상냥하게 웃으며 손님에게 응대하겠다며 결의마저 생긴다.

그런데 이 친절함에는 개인적인 역효과도 있다. 20대 초반, 사회생활을 하면서 쓴맛을 크게 보았다. 나는 열린 마음으로 상대의 말에 귀기울여주고 노력했는데, 그게 도리어 화살로 돌아온 적이 있다. "진선씨, 이것 좀 도와줄 수 있을까?" 모두가 꺼리는 일이 나에게만 몰렸다. 야근과 잔업이 몰리고, 휴일 출근도 내 몫이 되었다. 이런 무리한 요구들이 내가 내 업무에 집중할 수 없을 만큼 쌓였다. 그래도 나는 친절한 사람 아닌가? 내가 손해를 보는 일이 있어도 거절은 하면 안 된다고 생각했다. 그래서 무리한 부탁임에도 시간을 쪼개어 들어주었다. 그때의 나는 몰랐지만, 지금의 나는 안다. 이것은 '친절'을 가장한 '어리석음'이었음을.

또 이런 일도 있었다. 업체와의 계약과 사소한 변경은 흔한 일이다. 계약 과정에 내가 참여한 것도 아닌데 나한테 일을 시킨다. 내가 웃으며 상냥한 말투로 거절을 하면 업체와 별 갈등 없이 일이 무마될 것 같았나보다. 상사가 시키는 일이니 "네" 대답하고 어쩔 수 없이 울며 겨자 먹기로 할 수밖에 없었다. '자기가 하기 싫으니 나한테 시키는 거겠지.' 이처럼 갑과 을의 관계로 억지로 행해지는 친절이 싫었다. 친절함이라는 것은 마

음에서 진심으로 우러나와야 하는 것이 아닌가? 불편한 마음
에서 나온 친절함은 나도 상대방도 불편하기 마련이다.

예전의 나라면 속으로는 하기 싫지만 보여주기 식으로 행동
하는 일도 있었을 것이다. 하지만 지금의 나는 친절함 속에 단
단한 칼 한 자루를 쥐고 있다. 기준이 생긴 것이다. 무조건적
인 친절함이 아니라 상대를 보고 적당한 선에서, 내가 베풀 수
있는 정도만 하는 것이다. 40대가 된 지금 비로소 깨달은 것이
다. 무조건적인 친절은 베푸는 것만 못하다. 싫은 소리와 거절
할 수 있는 용기가 필요하다. 상대방이 듣기에 좋지 않다고 해
서 친절이라는 말로 포장을 할 필요는 없다. 어차피 거절할 거
라면 단호하게 거절하는 것도 친절함의 일종이라 생각한다.

얼마 전에 있었던 일이다. 몇 달 전부터 일주일에 두세 번 김
밥을 포장하러 오는 여성분이 있다. 이분이 어디에서 일하는지
는 잘 모르겠지만 아마 근처인 것 같다. 올 때마다 항상 같은
앞치마를 착용하고 계시기 때문이다. 나처럼 요식업에서 일하
는 분일까, 같은 건물에서 일하나 싶어 내적 친밀감도 느꼈다.
그래서 종종 서비스도 챙겨드리고, 오시면 멀리서부터 아는 척
도 했다. 그런데 내가 너무 친절하게 대해서일까? 언제부턴가
나에게 반말을 하기 시작했다. 나와 나이 차도 많이 나 보이지

않는데 말이다. "응, 두 개", "계산 다했어?" "젓가락은 안 줘도 돼"라며 말끝이 점점 짧아졌다. 손님의 의도가 무엇인지 모르겠지만, 나도 불혹이 지난 40대 중반인데 속상한 마음이 들었다. 잘 알지 못하는 사람이 갑자기 반말을 하니 기분이 나빠졌다. 손님은 알아차렸는지 모르지만, 친절함이 반말로 되돌아왔을 때부터 드리던 서비스는 사라졌다.

친절함은 인간관계를 맺는 데 분명 긍정적 역할을 한다. 하지만 이 친절이 오히려 나에게 독이 되지 않고 무기가 되기까지는 기준이 필요하다. 어쩌다 분식집에서 일하고 있는 나도 나만의 기준을 만들어가고 있는 중이다. 상처를 받을 때도 있지만 오늘도 어김없이 분식집에 출근한 나는 미소를 활짝 지으며 친절함으로 무장한다.

"어서 오세요~."

오늘의
인생 레시피   무조건적인 친절은 답이 아니다!

열정보단
요령껏

분식집에서 일한 지 두세 달쯤 지났을 때 일이다. 가족들과 결혼기념일 기념으로 2박3일 삼척으로 놀러갔다. 옥빛 미인폭포를 보고 근처 식당에서 가자미찜을 먹기로 했다. 그런데 며칠 전부터 이상하게 배가 아팠는데 또 살살 아파온다. 소화제도 먹어보고 유산균도 먹어봤지만 도통 원인을 알 수 없는 아픔이다. 배탈이 났을 때의 느낌은 아니고 그렇다고 체했거나 설사할 때의 꾸르륵 느낌도 아니다. 찌릿찌릿 저리듯이 오는 아픔이다. 일단 화장실에 가서 볼일을 보았다. 그런데도 상쾌하지 않고 도리어 찝찝함이 더 느껴진다. 이게 밥을 먹는 건지, 안 먹은 건지도 모르겠다. 여하튼 가오리찜을 먹고 숙소로 돌아갔다. 그런데 어째 아까보다 배가 더 찌릿찌릿 저렸다. 아랫배에서 열이 나는 것 같다. 물파스를 바르면 피부가 화끈거리는 것처럼 이제는 화~한 느낌마저 든다. 원래의 계획이라면 숙소 근처를 산책하고 저녁을 먹으러 근처 횟집에 찾아가는 건데. 아무것도 하지 못하고 일단 나는 침대에 누웠다.

분식집에서 일해본 것은 이번이 처음이다. 분식집이라 그런지, 유동인구가 많은 강남역이라 그런지 잘 모르겠지만 가게 안에 손님이 없었던 적은 없다. 적어도 내가 일하는 시간에는. 손님이 오셔서 음식을 내어드리고 있으면 또 주문이 들어왔네? 배달이나 포장음식을 싸고 있다 보면 또다시 손님에게 음식을 내어드려야 하고……, 이것이 무한 반복된다. 그러다 보니 물을 마실 시간도 없고, 또 물을 안 마시다 보니 화장실도 안 가게 된다. 게다가 손님이 가게 안에 있으면 자리를 비우기가 어려워 화장실을 못 간다. 그런데 이것이 화근이었다.

숙소 침대에서 천장을 바라보며 똑바로 누워도 보고 벽을 보며 옆으로도 누워보았다. 배가 덜 아픈 자세를 찾아 이리저리 움직여보았다. 웬걸? 더 아프다. 뭐라도 나오면 좀 편해질까 화장실에 다시 갔다. 그런데 어! 어어! 소변이 붉다! 혈뇨다. 다급하게 인터넷 검색을 해보았다. 요로결석이 나의 증상과 비슷해 보인다. 그렇다면 바로 병원에 가야 할 것 같은데, 걱정이 되기 시작했다. 휴대폰 전화번호부를 뒤져 대학병원에서 근무했던 친한 간호사 언니에게 전화를 걸었다. 증상을 설명하니, 언니는 빨리 응급실에 가보라고 한다.

이게 무슨 일이고! 남편과 아들을 불러 나의 몸 상태에 대해 조심스럽게 말했다. 그리고 지금 당장 병원에 가봐야 할 것 같다고 말했다. 결혼기념일을 맞이해서 온 여행인데, 일정을 다 마치지 못하고 병원에 가야 해서 미안하다고 말했다. 남편은 지금까지 왜 말도 안 하고 어떻게 참았냐고 하며 바로 짐을 챙겼다. 숙소 근처에 응급실을 찾아보았는데 병원까지 거리가 너무 멀다. 혹시나 병명이 요로결석이라 병원에 며칠 입원해야 할 사태가 벌어진다면 더 큰일이다. 집에서 삼척까지는 거리가 너무 멀다. 차로만 최소 두 시간 거리다. 남편의 출근과 아들의 등교가 걱정되었다. 그래서 일단 집 근처 병원에 가기로 했다. 차 안에서 인터넷 검색을 하며 어떤 병원에 가면 좋을지 찾아보았다. 산부인과나 비뇨기과에 가야 한다고 나온다. 더 전문적으로 검사하고 치료받기 위해서는 비뇨기과가 낫다고 한다.

비뇨기과? 여긴 남자만 가는 곳 아닌가? 포경수술을 하거나 전립선에 문제가 있거나……. 헛! 그렇다면 거기에 내가 가도 되는 게 맞나 하는 생각이 들었다. 아…… 그런데 지금 누가 가는 병원이냐를 따질 때가 아니다. 아랫배의 통증을 멈추게 하는 것이 급선무다. 다행히 집 근처 비뇨기과가 주말 오후진료를 봤다.

인생 처음으로 비뇨기과에 가보았다. 일단 카운터에 증상을 설명하고 접수를 한 다음 대기석에 앉아 기다렸다. 진료 전에 몇 가지 검사를 해야 한다며 간호사가 이름을 부를 때까지 기다리라고 했다. 엑스레이를 찍고, 그다음에는 소변검사다. 소변검사라 하면 보통 종이컵에 중간 소변을 받고, 실린더에 담아 뚜껑을 닫아 제출하면 되는 것 아니었던가? 그런데 이곳의 소변검사는 좀 달랐다. 그냥 양변기에 앉아 소변을 보면 된다고 했다. 단 변기 물은 절대 내리지 말라고 간호사가 말했다. 다음 진료에서 알게 된 사실인데, 양변기에 소변이 배수구로 흘러가지 않도록 안에 투명한 통이 설치가 되어 있어 바로 검사를 진행할 수 있는 것이었다. 세상 참 좋아졌다. 이렇게 신기한 검사도구도 있고 말이다. 어쨌든 나는 검사를 마치고 초조하게 기다렸다가 진료실로 들어갔다.

"급성방광염입니다."
"네?"
"여기 보이시죠? 이게 균입니다. 이번 주에 본 환자분들 중에서 균이 제일 많으시네요. 신우염으로 가기 바로 전 단계입니다. 많이 아프셨겠네요. 빨리 병원에 오셨으면 좋았을 텐데 말입니다. 조금만 더 늦었으면 신장 투석을 하실 뻔했습니다. …… 지금은 통증이 심할 테니 수액 한 대 맞으시고, 약을 처방해드릴 테니 약 잘 챙겨 드시고 3일 후에 오세요. 그사이에 통증이 심해지면 참지 말고 바로 응급실로 가세요."

물을 잘 안 마시고, 목이 말라도 참았다. 소변이 아무리 마려워도 꾹 참았다. 아…… 이 모든 것이 화근이었다. 요령이 없는 나는 가게 안을 내내 지키면서 손님을 맞이하는 것이 최선이라 생각했는데, 그건 큰 오판이었다. 몸을 스스로 돌보지 않고 '괜찮아지겠지' 하며 혈뇨를 볼 때까지 내 몸을 바보같이 이 지경으로 방치해두었던 것이다. 몸소 불에 타는 듯한 고통을 느끼고, 혈뇨를 보고 놀라고 나서야 병원에 간 것이다. 갑자기 내 몸에게 미안해졌다.

그 후로 3주 동안 나는 비뇨기과에서 치료를 받으며 경과를 살폈다. 그러면서 크게 깨달은 것이 있다. 바로 '요령껏'이다. 상황을 고려하여 유연하게 대처하라는 것이다. 물 한 모금 마시는 데 몇 분이 걸리는 것도 아니고, 화장실을 다녀오는 데 수십 분이 걸리는 것도 아니다. 왜 편의점이나 약국에 갔을 때

'잠시 외출 중'이라는 팻말이 걸려 있는 걸 본 적 있을 것이다. 그분들도 요령껏, 요령껏 불필요한 노폐물을 배출하기 위한, 자신을 위한 시간을 갖는 것이다.

지금의 나는 달라졌다. 가게 안의 상황과 주문서를 보고 음식 조리 시간을 대충 계산해본다. 그리고 동료한테 화장실에 다녀오겠다는 말을 남기고 후다닥 가게 문밖을 나선다.

'열정 같은 소리하고 있네'라는 말이 떠오른다. 열정보단 '요령껏'이다. 그래야 스스로를 지키고 일터도 지킬 수 있다. 혈뇨, 급성방광염, 비뇨기과의 진료기록이 안겨준 나의 영광의 상처들. 이것들은 지금도 내가 강남역 분식집에서 일할 수 있도록 인생의 아주 매운 맛을 알려주었다.

오늘의 인생 레시피	'열정'이 밥 먹여주지 않는다. 요령껏 잘 살자!

다이아몬드 멘탈 테스트,
똥꼬검사

한번 일해보고 싶다고 해서 누구나 분식집에서 일할 수 있는 것은 아니다. 여느 곳처럼 일련의 자격 요건이 필요하다. 예를 들어 손님에게 친절하게 말해야 하고, 어떠한 말을 들어도 썩소가 아닌 미소를 지을 수 있는 강한 정신력이 필요하다. 주문 내역과 금액을 바로바로 맞춰볼 수 있는 계산 능력과 테이블 사이로 음식을 쏟지 않고 서빙을 할 수 있는 민첩함과 체력도 필요하다. 그리고 돌발상황에서도 당황하지 않고 대처할 수 있는 판단력까지 말이다.

사실 이것들은 기본이고, 필수로 통과해야 하는 관문이 또 있

다. 그건 바로 '똥꼬검사.'

최근 보건증에서 건강진단결과서라고 명칭이 변경된 검사다. 입사할 때나 생애주기별 검사하는 건강검진과 별도로 식품, 유흥업에 종사하기 위해서는 이 검사가 꼭 필요하다. 식약처와 질병청 법령에 따라 전염성을 가진 질병이 있는지 여부를 판단하는 것으로 별도의 검사를 해야 한다. '세균성이질', '파라티푸스', '엑스레이 촬영을 통한 폐결핵검사', '장티푸스 검사'가 바로 그것이다. 여기서 장티푸스 검사가 바로 내가 말한 똥꼬검사이다. 다른 곳에서는 뭐라고 명명하는지 모르겠지만, 나는 그냥 똥꼬검사라고 부른다. "저 이제 보건증 만료될 때가 되어서 똥꼬검사 하러 가야 해요"라고 말이다.

안내문에는 장티푸스 검사라고 쓰여 있고, 그 옆에 괄호로 대변검사라고 적혀 있다. 초등학교 3, 4학년 시절, 신체검사 중 대변검사를 한 적이 있다. 집에서 변을 보고 그것을 용기에 담아 학교에 제출하면 되는 검사였다. 그런데 보건소에서 하는 장티푸스 검사는 초등학교 때 했던 것처럼 실제의 변을 가져가 검사하는 것은 아니다.

어린 아이가 고열로 약도 못 삼키고 다 토해낼 경우에 해열좌약을 사용한다. 만성변비로 고생할 때 먹는 약으로 소용이 없을 때도 관장 좌약을 사용한다. '좌약座藥.' 사전을 찾아 보면, 좌약이란 직장/질/요도에 고체 상태로 삽입하여 체온으로 이를 녹여 약효를 내게 만드는 약을 말한다. 여하튼 똥꼬검사는 좌약을 직장에 넣는 것과 비슷한 과정을 거친다.

나는 어렸을 때부터 보기와 달리 체력이 좋지 않아 감기를 달고 살았다. 감기에 걸리면 대개 목이 붓고 열이 났다. 그래서 엄마가 써스펜 좌약을 상비약으로 집에 두었다. 그리고 내가 열이 펄펄 끓고 시름시름 앓을 때마다 엄마는 해열 좌약을 넣어주었다.

아이가 어린 시절 유독 화장실 가기를 무서워한 때가 있었다. 프로이트에 따르면 항문기에 도달한 아이들 중 일부는 대변이 항문을 통해 나가는 과정을 불쾌한 경험으로 여긴다고 한다. 아무래도 이 시기에 아들은 변기 속 물 위로 첨벙 하고 대변이 떨어지는 소리를 무서워했던 것 같다. 아니면 대변이 직장과 항문을 통과할 때의 느낌과 그 대변이 항문에서 나오는 통증을 아파했던 것 같다. 그래서인지 아들은 대변이 나오겠다고 신호를 보내와도 꾹 참고 버텼다. 그렇게 어린 아이가 대변을 너무 참아 배가 딱딱해질 때까지 인고의 시간을 버티면, 나는 최후통첩으로 관장 좌약을 투여했다. 나도 좌약을 사용해봤고, 사용을 당해도 봤지만 그때 든 감정은 사실 잘 모르겠다. 해열 좌약의 넣었을 때는 너무 오래된 일이라 기억이 안 나는 건지, 너무 아파서 그랬던 건지, 아니면 민망함 때문인지 몰라도 기억이 남아 있지 않다.

원숭이는 서로의 빨간 엉덩이를 확인한다. 물론 좌약을 넣어주기 위해서는 아니다. 피부나 털 상태를 통해 상대의 건강 상태를 확인하거나 성적인 신호를 읽는다. 또 이러한 행동은 사회적 계층이나 집단 내 유대감, 원숭이들 간의 관계를 관리하고 안정적으로 유지하는 데 중요한 역할을 한다. 아무리 그렇다 한들 원숭이는 서로의 엉덩이를 볼 때 부끄럽지도 않을까? 지능이 높은 영장류인데 말이다. 그런데 이 똥꼬검사는 원숭이들이 서로의 엉덩이를 보는 것과는 아무런 관련이 없다. 검사자와 피검사자가 따로 없고 혼자서 스스로 검사를 진행해야 한다. 자 상상해보라. 좌약을 혼자서 넣어야 하는 자세를 말이다. 하하.

똥꼬검사는 항문 도말 검사로, 실린더 속 약물에 담긴 면봉을 이용한다. 좌약을 넣을 때처럼 똥꼬 안에 넣어 한번 힘껏 후비고 돌려주어 표본을 채취해준다. 그리고 이 면봉을 다시 실린더 안에 넣어 반납하면 되는 그런 검사다. 화장실로 가 변기에 앉아서 나의 똥꼬 위치를 찾을 때면 면봉을 들고 있는 손끝이 미세하게 떨린다. 재검사는 NO! 검사 결과가 한 번에 나올 수 있도록 진~하게 쑤셔줘야 한다. 처음 똥꼬검사를 했을 때는 손을 앞으로 해야 할지 뒤로 해야 할지 몰랐고, 갈피를 못 잡은 면봉 방향과 자세에 민망함을 느끼기도 했다. 아니 도대체 왜 이런 검사를 해야 하는 것인가! 마치 옷이 하나씩 벗겨지는 듯한 느낌이 든다. 한탄과 함께 수치심마저 든다. '지금 변기에 앉아 있는 건 내가 아니야. 이건 꿈일 거야'라는 현실 부정과 '고통은 잠시뿐! 어차피 할 거 빨리 하고 끝내자'라는 결심이 교차한다. 결국 모든 나의 신경과 부끄러움은 한곳으로 집중된다. 그리고 표현하기 힘든 무방비한 감정이 생긴다.

하지만 이내 마음을 다잡고 수치심을 억누르며 나를 일으킬 수 있는 감정도 찾아본다. 한 개의 동전에도 앞면과 뒷면이 존재하지 않은가. 그래, 꼭 이 검사가 나에게 불편함만 주는 것은 아닐 것이다. 내가 느낀 불편함이 동전의 앞면이라면 긍정적으로 동전의 뒷면에 대해, 그곳에 초점을 두고 생각해보기로 했다.

음…… 똥꼬검사는 요식업을 하려면 꼭 필요한 과정임에는 분명하다. 요식업을 하다 보면 온갖 손님들을 만나면서 볼꼴 못 볼꼴 다 본다고 한다. 흔히들 말하는 진상 말이다. 하루에 몇 번이고 식당 일을 때려치우고 싶은 마음이 든다고 한다. 그때마다 속상해하고 마음이 무너지는 것보다 이 검사를 통해 수치심을 견디고 자존심을 내려놓을 줄 아는 마음가짐을 갖게 하는 것이다. '나는 이보다 더한 일도 할 수 있다' 하며 정신력 무장을 시키고, 어떤 일을 해도 포기하지 않도록 하는 것이다. 일종의 다이아몬드 멘탈 테스트!

  앞으로도 나는 일 년에 한 번 이 똥꼬검사를 하러 보건소에 가야 한다. 그때마다 나는 내 항문을 찾으러 가야 하는 여정에서 부끄러워할 것이다. 검사 결과가 나온 뒤에는 앞으로 일 년 동안 검사를 안 해도 된다는 안도감을 느낄 것이다. 매년 마인드 리셋! 연례행사쯤 되는 이 검사는 나의 자존감이 과다하여 자만심이 되지 않도록 상기시켜주는 필수검사다.

오늘의 인생 레시피	세상에 못 하는 일은 없다. 어쨌든 넌 할 수 있다!

인생의 쓴맛과 위로,
아이스 아메리카노와 레쓰비

1회 제공량 10㎉, 단백질 1g, 카페인 210㎎, 용량 335㎖, 가격 4,500원, 아이스 아메리카노

1회 제공량 55㎉, 단백질 1g, 탄수화물 12g, 당류 12g, 용량 190㎖, 가격 1,200원, 레쓰비

스타벅스에서 사 먹는 아이스 아메리카노와 편의점에서 사 먹는 파란색 레쓰비 캔커피. 이 두 커피는 나의 인생 커피라고 할 수 있다. 맛이 제일인 커피가 아니라, 나의 추억과 라이프스타일을 담아낸, '인생이 담긴 커피' 말이다.

아이스 아메리카노를 처음 마신 것은 스물네 살, 회사에 갓 입사했을 때다. 같은 부서에 같은 시기에 입사했지만 나보다 세 살 많은 동료가 있었다. 말하자면 우리는 입사동기였다. 게다가 같은 동네에 살아 언니, 동생 하며 쉽게 친해질 수 있었다. 하루는 회사 구내식당이 아니라 밖에서 점심식사를 하였다. 그리고 근처에 있는 카페로 갔다.

나는 친구와 카페에 가면 늘 마시는 음료가 있었다. 그것은 바로 카페모카다. 달달한 초코시럽과 휘핑크림, 그 위에 얹은 초코 드리즐. 그리고 카페모카 안에는 모카라는 이름의 구색을 맞추듯 에스프레소가 들어 있다. 카페모카는 어떻게 보면 갓 대학을 졸업한 내가 커피처럼 씁쓸한 사회생활을 시작하는 것과 같은 과도기적인 커피라고도 할 수 있다. 사회에 첫 발걸음을 내딛으면서 나도 남들처럼 직장인이라는 타이틀에 걸맞게 커피는 마시고 싶었다. 그래도 아직은 커피맛의 씁쓸함이 낯설었다. 카페모카에는 그 씁쓸함이 초코시럽의 달달함 뒤에 숨어 있다고 해야 할까?

그런데 그날은 달랐다. 세 살 많던 동료 언니가 카페에서 아이스 아메리카노를 주문하는 것을 보고 나도 한번 따라 해보고 싶었다. 어쩌면 나도 마실 수 있다는 것을 보여주고 싶었는지도 모른다. 카페에 가면 늘 내가 아이스 아메리카노를 즐겨 마시는 것처럼 아주 자연스럽게 카페 직원에게 말했다. "아이스 아메리카노 한 잔이요."

그날, 내 인생의 첫 아이스 아메리카노 그 강렬한 첫 모금을 아직도 잊을 수 없다. 한약처럼 쓴맛의 음료를 도대체 왜 먹는 걸까? 차가운 얼음과 함께 농축된 에스프레소에서 올라오는 쓴맛, 그리고 뒤에 이어지는 또 쓴맛. 직장인으로서 사회에 첫발을 내딛는 나에게 앞으로 인생에서 겪을 쓴맛을 예고해주는 것 같았다.

나는 연합고사를 보고 고등학교에 진학하는 비평준화 지역에 살았다. 가고 싶은 고등학교에 선지원 후 시험을 보고, 입학 정원에 맞게 학교 내신과 시험 등수를 합산하여 합격자를 선발했다. 중학교 3학년 때 일이다. 수능과 달리 연합고사는 중학교 교과과정 전 과목, 총 10과목을 시험 보았다. 총 200문제다. 내가 지원한 학교는 내신을 고려해볼 때 적어도 180개 이상을 맞아야 안전하게 입학할 수 있었다. 고등학교 입시부터 탈락이라는 인생의 쓴맛을 경험해보고 싶지 않았다. 친한 친구들과 지원한 학교는 서로 달랐지만 합격하길 바라며 서로를 응원했다. 파란색 캔커피 레쓰비. 이 레쓰비로 우리의 우정을 주고받았다. 지금은 자판기에서 천 원이 넘는 가격이지만, 중3 시절 레쓰비 가격은 단돈 300원이었다. 나는 종종 독서실 친구 책상 위에 레쓰비 한 캔과 '합격하자!' '파이팅!' '졸지 마!'라는 메시지를 적어 올려놓곤 했다.

'잠이 싹', '졸지 마 파스', '잠이 제로 펜'을 아는가? 학창시절 공부할 때 잠을 싹 달아나게 해주는 마법도구. 나 공부 좀 한다하는 학생들의 필수템이었는데 말이다. 지금은 무슨 이유에선지 판매하지 않는다. 생긴 건 꼭 펜처럼 생겼다. 그리고 물파스처럼 위쪽에 약품이 나오는 곳이 있다. 그것을 눈두덩이 주위에 바르면……. 이젠 자려고 해도 잘 수 없다! 강제 기상이다! 몸에 파스를 붙인 것처럼 화~한 멘톨 성분이 느껴져 눈을 아예 감을 수 없다. 혹시라도 이 강한 느낌을 없애려고 세수를 한다면 뭐 망하는 거다. 더 매워진다. 그러니 잠을 물리치는 데에는 이 마법도구가 최고일지 몰라도 뭔가 억지스럽다는 생각이 들었다. 하지만 레쓰비는 달랐다.

파란 레쓰비 캔 안에는 따뜻함이 담겨 있다. 친구와의 우정, 목표를 이루고자 하는 열정, 그리고 잔잔한 위로와 달달한 희망이 있다. 문제집을 풀다가 하품이 나면 레쓰비 캔을 딸깍 딴다. 달콤한 냄새와 부드러운 믹스커피 향이 올라온다. 이 한 모금이 공부로 지친 나를 쉬게 해준다. 친구의 메시지가 적힌 쪽지를 보고 있으면 나도 모르게 흐뭇한 웃음이 난다. 용기가 난다. 나는 할 수 있다. 그래 나는 할 수 있다!

어쩌다 분식집에서 일하고 있는 지금, 나에게는 이 두 가지 커피가 일상을 함께한다. 기상과 동시에 나는 잠이 덜 깬 몸을 이끌고 냉장고 앞으로 간다. 냉동실 문을 열어 컵에 얼음을 가득 담고, 커피머신에서 에스프레소를 추출한다. 그리고 차갑고 쌉쌀한 맛마저도 깔끔함으로 느껴지는 이 아이스 아메리카노를 마시면서 '자, 오늘 한번 시작해볼까' 하며 하루를 다짐한다. 아이스 아메리카노는 하루의 시작을 의미한다. 이제는 아침마다 아이스 아메리카노를 마시지 않으면 나사가 빠진 듯한 기분이 들고, 허전함과 찝찝한 마음이 든다. 일하면서 쌓일 피로를 아이스 아메리카노 한 잔의 얼얼한 시원함으로 미리 날려주는 것 같다. 그렇지만 이걸로는 채우지 못하는 부족함이 있다.

평소보다 분식집에 손님이 많이 와서 정신이 없을 때, 와~ 이런 사람도 있구나라고 느낄 정도로 독특한 사람을 만날 때, 오늘 도대체 무슨 날이야 싶을 정도로 머피의 법칙처럼 일이 꼬일 때가 있다. 이때의 나에게 필요한 건 바로 파란 레쓰비 한 캔이다. "잠깐만. 나 잠시만 나갔다 올게" 하고 알바 친구에게

말하고 가게 옆 편의점으로 향한다. 그리고 레쓰비 한 캔을 냉
장고에서 꺼내 사 가지고 온다. 레쓰비는 아이스 아메리카노가
채워주지 못하는 마음을 내게 준다. 그 달달한 쌉싸름이 나를
위로해준다. 잠시나마 옛 추억을 떠올리며 미소를 지을 수 있
게 해준다.

 오늘의
인생 레시피

누구에게나. 쉼표는 필요하다.

분식집에서 배운
인생의 우선순위

~9:35: 분식집 도착

~9:45: 포스기와 배달앱 켜기, 셀프바에 반찬과 그릇, 수저,
종이컵 채워놓기

테이블 위 티슈 확인 및 테이블과 바닥 청결 상태 확
인하기

~9:55: 키오스크 오픈 및 분식집 앞 쓰레기 줍기

포장손님 대기공간 정리하기, 젓가락 및 김밥 용기
등 물품 채우기

10:00: 분식집 오픈

긴 머리를 뒤로해서 한 묶음으로 잡고 고무줄로 질끈 묶는다. 앞치마를 탁탁 털어 구김이 가지 않고 말끔하게 착용한다. 이제 시작이다!

내 일과는 매일 이렇게 시작된다. 손님을 맞이하기 전부터 분주하게 움직인다. 손님이 분식집에 왔을 때 불편한 감정이 들지 않도록, 매처럼 날카로운 눈으로 이곳저곳을 살핀다.

일을 효율적으로 하기 위해서는 먼저 우선순위를 정해야 한다. 할 일이 아무리 많아도 이 몸뚱이로는 모든 일을 동시에 해낼 수 없기 때문이다. 일의 긴급도와 중요성에 따라 나름의 우선순위를 정해야 한다. 슬픈 일이지만, 손님의 눈에 분식집에서 하는 일이 간단하게 보일 수도 있다. 음식이 나오면 서빙해주고, 음식을 주문하면 계산해주고, 물어보면 답해주고, 이게 다인 것처럼 느낄 수 있다. 사실은 그렇지 않은데도 말이다. 그 정도로 일이 간단했으면 애초에 내가 '꼬까'나 '레쓰비'를 찾는 일도 없었을 거다.

손님이 음식을 다 먹고 일어나면 테이블에 흘린 음식물을 닦아야 한다. 그리고 마른 행주로 다시 한 번 닦아 물기를 없애줘야 한다. 혹시나 손님이 세트메뉴를 주문했는데 음식이 아직 다 안 나왔거나, 조리가 끝나지 않았는데 배달기사님이 일찍 오셔서 기다리고 있으면 난감하다. 셀프바에 채워놓은 지 얼마 안 된 것 같은데 벌써 단무지가 다 떨어졌단다. 이렇게 분식집의 일은 동시다발적이면서 복합적인 문제들과 돌발상황이 동시에 일어나는 곳이다.

E(Extraversion) 외향적
N(Intuition) 직관적
T(Thinking) 사고
J(Judging) 판단

나의 MBTI는 ENTJ이다. '타고난 리더, 지도자형'이라고 한다. 목표를 세우고, 그것을 달성하기 위해 명확한 계획을 세우며, 사람들을 이끌어나가는 데 적합하다고 한다. 또 책임감이 강하고 조직관리나 전략적 사고에 뛰어나 조직에서 주도적인 역할을 맡는 경우가 많다고 한다. '단호한 결단력', '명확한 방향성', '감정보단 이성적 판단', '결단력'. 이러한 성격 유형이라 그런지 분식집에서 생각지도 못한 일이 생겼을 때도 나는 전혀 당황하지 않는다. 오히려 차분하게 순간순간의 판단력으로 잘 대처해나가는 편이다.

어느 날, 점심시간 때의 일이다. 테이블 번호까지 기억한다.

20번. 양복을 입은 중년남성의 손님이었다. 라면 하나를 주문했다. 강남역 분식집의 메뉴 종류 특성상 '공깃밥'은 따로 판매하지 않는다. 그런데 손님은 카운터에 있는 나에게 다가와 공깃밥 한 그릇을 주문할 수 없겠냐고 물었다. 간곡한 부탁에 거절하지 못하고 주방식구들에게 물어보았다. 마침 직원들 점심식사를 위해 밥을 조금 여유 있게 만들어놨다고 한다. 그러니 이것을 좀 드리면 되겠다고 했다. 그래서 나는 직원들이 먹을 점심식사용 밥이 있으니 그릇에 조금 담아 드리겠다고 말했다. 공깃밥 메뉴를 따로 판매하지 않으니 돈은 받지 않겠다고 하면서 말이다. 손님은 직원 밥을 그냥 먹기가 미안했는지 계산을 하겠다고 말했다. 그냥 드셔도 된다, 아니다 계산하겠다, 괜찮다, 가격이 얼마냐? 한참 실랑이가 있은 후 1,500원을 따로 계산하였고, 공깃밥과 라면을 같이 내어 드렸다.

잘 드시고 계신 줄 알았는데 손님이 "저기요"라고 말하며 손을 흔든다. 무슨 일인가 싶어 20번 자리로 재빠르게 가보았다. 밥이 퍽퍽하고 맛이 없다고 한다. 하하하. 어쩌면 당연한 말일 수 있다. 애초에 볶음밥용 밥으로 만들었기에 다른 밥보다 물기가 적고 고슬고슬할 수도 있다. 그래서 공깃밥을 따로 판매하지 않았던 것이다. 돈도 안 받고 그냥 드린다고 말도 했는데……. 밥이 퍽퍽하고 맛이 없으니 바꿔달라고 한다. 그런데 저기요 손님, 다른 밥과 바꿔드려도 다 똑같은 밥이에요. 음, 이 상황을 어떻게 해결해야 할까?

그사이 3번 테이블 음식이 나왔다. 일단 다른 손님에게 음식을 가져다 드리면서 생각해보기로 했다. 아! 그때 번쩍 하고 내 눈에 띄었다. 다름 아닌 햇반이다. 분식집 식구들과 먹으려고 엠티 후 남은 햇반을 몇 개 챙겨 왔었다. 다행히 그 햇반이 저기 저 선반 위에 아직 남아 있는 것이었다. 나는 20번 자리에 앉아 있는 중년남성 손님에게 밥을 다시 드리겠다고 말씀드렸다. 그리고 햇반을 전자레인지에 데워 그릇에 옮겨 가져다 드렸다. 이번에는 입맛에 맞았는지 라면국물에 밥도 말아 먹었다. 휴…… 햇반 최고.

이 잠깐 사이에 포장주문한 김밥이 세 줄 나왔고, 저쪽 테이블에서는 여성손님이 "여기 국자 좀 주세요"라고 말한다. 이대로 멈춰 있으면 안 된다. 공깃밥의 후유증에서 빠르게 벗어나야 한다. 어느 것을 먼저 할 것인가? 당연히 국자 먼저다! 국자를 손님에게 가져다 드리고, 용기에 담은 김밥을 나무젓가락과 함께 비닐에 담아 포장주문한 손님에게 드린다. 혹시라도 바닥에 국물이라도 흘리는 사태가 발생한다면…… 오 마이 갓이다.

세트메뉴에 들어가 있는 묵은지참치김밥은 강남역 분식집의 베스트 메뉴다. 그러다 보니 단품으로도 주문하는 손님이 많다. 세트메뉴는 김밥+분식 메뉴로 구성되어 있다. 그런데 김밥과 분식이 나오는 시간은 늘 같지 않다. 이때도 재빠른 판단력이 필요하다. 어떤 음식을 먼저 서빙할지 우선순위를 정해야 한다. 빠르게 주방 불다이(가스가 있는 불판, 음식 조리도구) 쪽을 눈으로 스캔해본다. 아, 분식 메뉴가 밀려 있는지 아직 조리 전이다. 그렇다면 세트보다 늦게 주문한 손님이지만 단품으로 주문한 손님 김밥 먼저 나가야 한다.

잘 모르는 사람에게는 분식집이 그저 김밥과 떡볶이같이 소박하고 정겨운 음식들을 판매하는 곳쯤으로 보일 것이다. 그다지 어렵지 않은, 단순한 일만 반복적으로 하는 것으로 보일지 모른다. 그러나 실상은 전혀 다르다. 매일 복합적이고 동시다발적으로 일이 발생한다. 강남역 분식집도 마찬가지다. 분식집 하면 음식을 빨리 먹고 갈 수 있는 곳이라고 여기는 사람이 많다. 일종의 한국음식을 파는 패스트푸드점이라 여긴다. 하지만 주문 순서대로 음식을 줄 수 있는 것도 아니기에 상황에 따른 빠른 판단력이 필요하다.

"가장 중요한 일을 먼저 하라." 경영 구루 스티븐 코비의 말이다. 비단 강남역 분식집만의 일을 말하는 것은 아니다. 내가 가진 시간과 에너지는 한정되어 있기 때문에, 그 한정적인 시간과 에너지를 효율적으로 사용할 줄 아는 일머리가 필요하다. 물론 나는 손님의 만족도를 최우선으로 생각한다. 맛있는 음식을 빠르고 정확하게 그리고 최대한 친절한 서비스로 제공하는 것이다.

그렇다면 내 인생에서 가장 중요한 일은 무엇일까? 그것은 바로 내가 오늘도 살고 있다는 것과 그 삶에서 느끼는 보람이다. 지금 어쩌다 분식집에서 일을 하고 있지만, 내가 가져다 드린 음식을 맛있게 먹는 손님들을 보면서 나는 보람을 느낀다. 고개를 까딱 하며 인사하는 손님, "잘 먹었습니다" 말하는 손님들을 보면서 나는 '오늘도 내가 살고 있구나' 생각을 한다. 손님에게 별다른 컴플레인을 받지 않고, 사고 없이 무난하게 지나가는 보통의 하루를 보낼 수 있다면 나는 그것으로 만족한다. 그날도 우선순위에 맞추어 일을 잘했다는 뜻이기 때문이다.
지금도 난 열심히 잘~ 살고 있다. 오늘도 수고했다.

 오늘의
인생 레시피
| 인생이 벅차다고 느낄 땐,
우선순위를 정해보세요.

2장

눈
치

보
지

않
고

나
답
게

여기서
담배 피우면 안 돼요

손님들이 들어오는 강남역 분식집 문 옆으로 커다란 통유리 창이 있다. 카운터에 서 있으면 밖에서 무슨 일이 일어나는지 안에서도 훤히 보인다.

한번은 사이렌이 계속 울린 날이 있다. 사람들이 웅성웅성 하나둘 분식집 앞으로 모여들었다. 소방차 넉 대와 구급차가 출동했다. 무슨 일인지 너무 궁금했다. 창밖으로 소방관들이 바쁘게 들것과 호스를 들고 건물 안으로 들어가는 것을 보고 무슨 일이 일어났는지 대충 알 수 있었다.

분식집 창밖으로 보는 모습. 강남역이라서 그런지, 아니면 젊은이가 많고 트렌디한 지역이어서 그런지, 적당한 이유는 못 찾겠지만 분식집이 찻길 옆에 있어 그런지 유독 담배 피우는 사람을 쉽게 볼 수 있다.

때로는 서로 모르는 사람들이 나란히 서서 각자의 하늘을 보면서 담배를 피운다. 그 모습을 보고 있으면 나도 그들과 같이 하늘을 멍하니 쳐다보게 된다. 지금도 창문 밖에는 와이셔츠를 입은 남자 두 명과 검은색 점퍼를 입은 중년남성, 그리고 그 옆에 회색 후드티를 입은 젊은 여성이 나란히 담배를 피우고 있다. 그중 한 사람은 한 손에는 담배를, 또 다른 손에는 캔커피를 들고 있다.

지금까지 내가 지내온 생활 반경 안에는 담배 피우는 사람이 몇 명 없었다. 그런데 무슨 일인지 유독 이곳 분식집 앞에는 담배 피우는 사람이 참 많다. 흡연을 하면 폐암을 비롯하여 구강암, 인두암 등 다양한 암에 걸릴 확률이 높아지고, 심혈관질환과 폐질환의 위험을 높여 수명을 단축시킨다고 하던데. 뭐가 그리 답답한지, 아니면 그냥 입이 심심한 건지 도저히 알 수가 없다. 어쨌든 '금연구역', '적발 시 벌금 5만 원'이라 써 붙인 경고판이 무색하게 그들은 당당하게 꿈뻑꿈뻑 담배를 피우고 있다.

최근 분식집 앞에 전자담배 가게가 생겼다. 담배에 유해물질이 많이 들어 있다고 해서 전자담배란 대체물로 나왔고, 이제는 어디를 가도 전자담배 가게를 쉽게 볼 수 있다. 현재 우리나라 인구의 남자 9.2퍼센트, 여자 2.4퍼센트가 전자담배를 피우고 있다 한다. 전년보다 전자담배 사용량이 늘었다는 질병관리청의 국민건강영양조사 결과도 있다. 전자담배가 일반 담배보다는 폐해가 적다고는 하지만 건강에 여러 위험을 끼친다는 사실은 변하지 않는다. 담배를 피우는 사람도 걱정이지만 그 주변을 지나가면서 담배연기를 맡는 사람은 도대체 무슨 죄인가? 간접흡연도 직접흡연만큼이나 위험에 노출된다고 하던데 말이다.

여느 때처럼 손님들이 분식집 안을 가득 채우고 맛있게 음식을 먹고 있던 보통의 아침이었다. 나는 그 모습을 카운터에 서서 흐뭇하게 바라보고 있었다. 그런데 한 손님이 이리로 와보라며 손가락을 까딱까딱 손짓한다. 무슨 일이지? 궁금해하며 손님에게 얼른 다가갔다. 손님은 조심스럽게 손가락으로 한쪽 방향을 가리키며 저쪽을 보라고 말한다. 나는 얼른 손가락이 향한 방향으로 눈을 돌렸다.

검은색 긴 생머리, 검은색 미니스커트와 딱 달라붙는 티셔츠를 입은 20대 여성 두 명이 김밥과 떡볶이를 나눠 먹고 있었다. 옆 편의점에 다녀왔는지 물건이 담긴 비닐봉투도 하나 보인다. 그런데 이게 왜 볼일이지 하고 생각하는 순간, 여성손님 중 한 명이 비닐봉투에 손과 얼굴을 숨긴다. 규정상 외부 음식 반입 및 섭취는 불가능한데, 혹시 봉투 안에 담긴 음식을 먹는 건가 하고 유심히 살펴보았다. 그런데 무언가를 입에 가져다 댄다. 그러고는 무언가를 쭉 빨아 머금는다.

하하하. 2010년 8월부터 실내금연이 법으로 정해졌는데, 지금 시대가 어느 땐데……. 여러 사람이 있는 분식집에서 몰래 전자담배를 피우는 저 여성은 무슨 생각을 하는지 모르겠다. 금연법을 위반할 경우 10만 원의 벌금도 부과되는데 말이다! 아직 들키지 않았다고 안심한 건지 떡볶이 하나를 집어먹더니 또 다시 비닐봉투 속으로 얼굴을 들이민다.

나는 조용히 무거운 발걸음으로 뚜벅뚜벅 그 여성손님들 자리로 다가갔다. 분식집에는 외국인 손님들도 많이 오고, 어떤 나라는 실내에서 흡연을 하는 것이 문제가 되지 않기 때문에 공손하게 말을 걸었다. "익스큐즈 미" 하니 "죄송합니다" 말한다. 대한민국 국민의 도덕의식 함양이 고작 이 정도였나? 충격을 받았다. "손님, 여기서 전자담배도 피우시면 안 돼요" 하고 말하니 "죄송합니다. 안 피울게요"라고 한다.

 답답한 마음에 창밖을 바라보니 택배기사님이 화물차 뒷문을 열고 담배를 피우신다. 저 많은 택배를 날라야 오늘의 일이 끝나는 걸까? 담배를 피우며 미리 스트레스 해소를 하는 걸까? 아니면 그냥 습관인 걸까? 내가 담배를 안 피우다 보니 흡연자의 마음을 이해하기가 참 어렵다. 주변 사람의 이야기를 들어보니 담배를 피우는 사람들은 서로 동질감도 느끼고 유대관계가 형성된다고 한다. 그리고 담배를 피우는 시간에 사람들과 이야기를 나누면서 스트레스를 풀 수 있어 안도감을 느낀다고 한다. 물론 이해는 한다. 흡연자를 비난할 생각도 전혀 없다. 흡연은 개인의 선택이기 때문이다. 그들 나름 담배를 피우는 행위와 시간은 그야말로 힐링일 테고, 사회생활의 연장일 수도 있으니 말이다. 그런데 분식집 안에서 피우는 건 좀 아니지 않냐고요!

 분식집 문 옆에는 포장손님들이 의자에 앉아 대기할 수 있는 공간이 있다. 바닥에 자갈도 깔고, 화분도 가져다 놓았다. 또 벤치의자와 일인용 의자를 몇 개 가져다 두어 편하게 기다릴 수 있도록 해놓았다. 그리고 카운터와 연결되는 사이드창이 있어 음식이 나오면 대기공간에 있는 손님에게 바로 전해줄 수 있다.

음 음? 이건 무슨 냄새지? 왠지 모르게 답답한 이 냄새는?
사이드창으로 얼굴을 빼꼼 내밀어본다. 누군가 담배를 피우고
있다. 서초구청에서 '금연구역' 포스터도 붙여놨고, '이곳에서
담배 피우지 마세요'라는 안내판도 있는데 말이다. 담배를 피
우는 것이 잘못은 아니지만, 금지된 장소에서 담배를 피우니
답답한 마음이 든다. 외국인인가? 그래서 한글을 못 읽나? 눈
이 좀 안 좋은가? 별별 생각이 다 든다. 이럴 때 나는 최대한
상냥하고 큰 목소리로 "손님, 여기서 담배 피우면 안 돼요"라
고 말한다. 다행히 백이면 백 "죄송합니다" 하고 후다닥 담뱃
불을 끈다.

그렇게 내가 담배 피우는 사람에게 '여기서 담배 피우면 안돼
요!'라고 말할 때면 같이 일하는 직원분들은 씨익 웃곤 한다.
불의를 못 참고 망설임 없이 대응하는 나의 용기 때문일까? 아
니면 대신 이야기해줘서 속이 시원해서일까? 무엇이든 상관없
다. 남에게 해가 되는 행동에 대해 바른말을 할 수 있는 용기
와 행동은 내 인생의 중요한 신념이기 때문이다. 개인의 자유
는 존중한다. 하지만 다른 사람에게 피해를 주는 자신만을 위
한 자유는 이기적이라 생각한다.

오늘도 그리고 내일도, 나는 분식집 앞 금연구역에서 담배 피우는 분들에게 당당하게 말할 것이다. "손님~ 여기서 담배 피우면 안 돼요~."

오늘의 인생 레시피	남들에게 피해를 주는 자유는 자유가 아니다!

쓰레기는
쓰레기통에

　제주 앞바다에 방류된 멸종위기종 붉은바다거북이 비닐과 플라스틱을 잔뜩 먹고 폐사했다는 뉴스 기사를 봤다. 거북의 뱃속에서 쓰레기가 총 225조각 발견되었고, 이 쓰레기가 장기에 염증을 일으켜 거북이 죽었다고 한다.

　아무렇게나 바다에 버려진 플라스틱과 비닐이 해양생물의 목숨을 앗아가고 있다. 해양수산부 자료를 보면 해양 쓰레기의 92퍼센트가 플라스틱이라고 한다. 매년 약 14만 톤의 해양 쓰레기가 발생하며 2014년 수치와 비교했을 때 24배 이상 증가했다고 한다.

유치원에 다니기도 전부터 우리는 쓰레기는 쓰레기통에 버려야 한다는 걸 배웠다. 야외활동을 하면서 생긴 쓰레기는 모두 집으로 가져가서 버리라고도 배웠다. 아니 그런데 왜 어른들은 아이들에게 본보기가 되어주지 못하는 걸까? 모든 어른이 다 그렇다는 것은 아니고 특히 몇몇 어른들 말이다!

분식집에 출근하자마자 매일 빠짐없이 하는 일이 있다. 포스기와 배달앱을 켜고 반찬과 종이컵, 티슈를 채운다. 또 더러운 곳은 없는지 살펴보고 부족한 부분은 청소한다. 이렇게 실내를 정리한 다음 일회용 장갑을 오른손에 끼고 다른 한 손에는 비닐봉투를 챙겨 식당 문을 나선다. 쓰레기를 줍기 위해서다. 매일 이른 아침 건물 관리자나 구청에서 인도에 버려진 쓰레기를 치우기는 한다. 그런데 내가 출근하기 전까지, 얼마 되지 않는 그사이에도 쓰레기는 부지런히 버려진다. 심지어 이곳은 무단투기 금지지역인데도 말이다.

이곳은 무단투기 금지지역, 그리고 금연구역이다. 금연구역임에도 담배꽁초가 버려지는 것은 예삿일이다. 주변에 담배 피우는 사람들이 많아서인지 부러진 담배 개비와 꽁초, 담뱃갑을 포장한 비닐조각이 많이도 굴러다닌다. 담배를 피우면서 뱉었을까? 묵직한 침도 있고 뭉뚝한 담뱃재도 흔하게 볼 수 있다.

왜 그런지 모르겠지만 바닥에 문질러진 꽁초도 많이 보인다. 나름 '자나 깨나 불조심'하는 건가? 꽁초를 버리고 발로 문지른 모양인데, '쓰레기는 쓰레기통에'라는 말은 아직 습관이 안 되었나보다. 바닥의 침이나 뭉그러진 담뱃재는 손으로 주워 담을 수 없다. 그래서 물 한 바가지 퍼서 바닥에 뿌려야 한다. 지나 다니는 사람들이 아침부터 이 쓰레기를 보면 기분이 어떻겠는 가. 분식집 손님들도 눈살이 찌푸려질 것은 두말할 필요도 없고 말이다.

헛개수, 컨디션, 캔커피도 단골손님이다. 추측건대 분식집 옆 편의점에서 사 먹은 것이 분명하다. 그런데 음료를 다 마시고는 왜 우리 식당 앞에 나란히 진열해둔 것인지 모르겠다. 편의점에서 사다 마셨으면 편의점 쓰레기통에 버리면 되는데 굳이 왜 분식집 앞에 두고 가는지. 옆 가게 매출을 올려주었다고 우리 분식집에 와서 자랑을 하는 건가? 무슨 전리품도 아니고 떳떳하게 진열해두는 그 마음도 궁금하다.

몇 달 전부터 다 마신 헛개수 한 병을 분식집 문 앞에 두고 가는 사람이 있다. 항상 그 자리에 버린다. 음료만 다 마신 게 아니라 담배도 피우는지 꽁초 한 개를 꼭 병 안에 넣어 버린다. 이럴 때 참 난감하다. 그냥 병만 버려져 있으면 바로 분리수거 해서 버리면 되는데, 병 안에 꽁초를 넣어 버리니 작업이 번거

롭다. 병을 쾅쾅 내리쳐 내용물을 꺼내 버리거나, 물로 안을 헹궈서 비우고 분리수거를 해야 한다. 이래서 '가지가지 한다'는 말이 있나보다. 담배만 버리든지 헛개수 병만 버리든지 하나만 할 것이지……. 왜 가지가지 일을 더해서 쓰레기를 치우는 데 더 번거롭게 하는지 모르겠다.

이틀 전 일이다. 출근해서 쓰레기를 주우러 나왔는데 오호랏, 헛개수 병이 없다! 드디어 정신을 차렸나보다. 누군지 모를 그 사람을 칭찬하며 쓰레기를 정리하고 화장실에 다녀왔다. 하하하. '제 버릇 개 못 준다'란 말처럼 화장실 다녀온 내 눈앞에 보이는 것은 뭐? 또 헛개수 병이다. 어김없이 꽁초를 병 안에 넣었다. 화장실을 다녀온 잠깐 사이에 음료도 마시고 벌써 담배도 다 피웠나보다. 어떤 사람인지 모르겠지만 내 눈에 띄지 않았으면 좋겠다. 진심이다.

2024년 6월 5일. "엄마 셔츠룸이 뭐야"란 제목의 뉴스를 보게 되었다. 나도 처음에는 셔츠룸이 뭔지 몰랐는데 밤새 분식집 앞과 옆 대기장소에 뿌려진 불법전단지를 보고 알게 되었다. 애증의 전단지다. 셔츠룸이 뭔지 궁금한 사람은 인터넷에서 찾아보기 바란다. 한 가지 분명한 사실은 세탁소는 아니라는 거다. 처음엔 꼭 할 일이 많고 손님으로 제일 바쁜 요일만 골라서 전단지를 뿌리는 것 같았다. 나중에는 월요일 화요일 수요일 가릴 것 없이 뿌렸다. 셔츠룸 전단지를 줍다 보면 별별 생각이 다 난다. 아니 분식집 앞에 왜 뿌리냐고, 근처에 술집도 없는데! 다행인 것은 얼마 안 가 셔츠룸 전단지를 뿌린 일당이 잡혔다고 한다. 어쩐지……, 언제부턴가 전단지가 자취를 감췄기에 나는 이렇게 생각했었다. 매일 아침 애처롭게 수십 장의 전단지를 줍는 내 모습을 보곤 누군가 안쓰럽게 여겨 다른 장소에 전단지를 뿌리는 줄. 착각은 자유라니까 뭐.

 한번은 이런 일이 있었다. 다시 생각하기 싫은 일이지만 글을 쓰기 위해 떠올려본다. 작년 겨울 일이다. 아침 출근길, 분식집에 들어서기 전이다. 평소에는 보지 못한 것이 눈앞에 보인다. 이건 내 착각일 거야. 너무 추워서 헛것이 보이는 걸 거야. 그런데 아…… 동그란 모양이다. 비둘기도 있다. 누가 쓰레기를 버린 걸까? 아니다. 사실 나도 무엇인지 알고 있으면서도 애써 부정하고 싶은 것이다. 나는 그날 난생처음으로 술 취한 누군가의 빈대떡을 치워보았다. 그런데 또 겨울이지 않은가? 꽁꽁 얼어서 초록색 도로용 빗자루로도 쓸리지 않는다. 정수기의 뜨거운 물을 냄비 가득 담아본다. 한 번에 녹지 않기 때문에 두세 번 뜨거운 물을 부어 냉동피자를 해동하는 것처럼 녹였다. 그리고 다시 빗자루로 쓸었다. 빈대떡을 두고 간 취객분에게 하고 싶은 말이 있다. 다음에는 화장실까지 갈 수 있는 인내심이 생기길 바라요!

　쓰레기는 반드시 쓰레기통에 버려야 한다. 이건 아이들에게 국한된 규칙이 아니라 마땅히 어른들도 본보기를 보여줘야 할 일이다. 물론 나에게도 해당하는 일이다. 매일 아침, 누군가 버린 쓰레기를 주울 때마다 속상한 마음이 들고 한편으론 회피하고 또 외면하고 싶다. 하지만 분식집에 찾아올 손님들을 생각하며, 또 아이들에게 물려줄 미래의 지구를 생각하며 줍는다. 장갑을 끼고 집게를 쥐고 쓰레기를 줍는 모습이 누군가의 의식에 변화를 주길 바라며 말이다.

오늘의
인생 레시피

쓰레기라면 버리면 된다.
버릴 건 버리고.
하루를 살아도 행복하게 살자!

사라져가는
전화 예절

"메밀김밥 한 줄이요."

"네?"

"메밀김밥 한 줄이요."

분식집에서 받은 전화다. 따르릉 전화벨이 울리면, 혹시나 끊어질세라 재빠르게 수화기를 잡아든다.

"안녕하세요, 강남역……."

내 말이 끝나기도 전에 수화기 너머로 목소리가 이어진다.

"메밀김밥 한 줄이요."

"네?"

당혹스럽다. 다짜고짜 김밥 한 줄이라니. 나의 놀란 듯한 반응에도 아랑곳하지 않고 상대는 말을 이어간다.

"메밀김밥 한 줄이요."
"……."
"거기 분식집 아니에요?"

처음에는 이런 전화가 매우 당황스러웠지만 지금은 좀 익숙해졌다. 이렇게 "○○김밥 한 줄이요"라고 말하는 사람이 지금까지 한두 명이 아니었기 때문이다. 인사는 아니더라도, 아니 적어도 김밥을 포장하겠다는 건지 배달해달라는 건지 어떻게 해달라고 말은 해줘야 하는 거 아닌가? 대뜸 "한 줄이요" 말하면 어쩌라는 건지 참으로 난감하다.

그래도 나는 당혹스러움을 감추며 수화기에 대고 이렇게 말했다. "김밥 한 줄을 어떻게 하신다는 건지……. 그리고 어디세요? 선결제하신 회사인가요?"라며 말이다. 어떤 사람은 아차 싶었는지 "제가 10분 뒤에 찾으러 갈 건데요. 김밥 한 줄 포장해주세요"라고 말하고, 또 어떤 사람은 "저 그냥 주문하는 건데요?", "포장해주세요" 하고 말한다.

다 생략하고 말해도 알아들을 거라 생각하는 건가? 개떡같이 말해도 찰떡같이 이해해줄 거란 생각은 무슨 자신감인가, 그냥 전화해서 메뉴만 말하면 가게에서 알아서 포장해줄 거란 생각이. 그런데 말이다. 이곳 분식집은 포장과 배달 서비스 모두 하고 있다. 그리고 전화로 주문하는 손님 대부분은 일정 금액을 미리 결제한 분들이다. 그러니 대뜸 메뉴만 이야기하면, 전화 받는 사람은 무척 당황하게 된다.

지금은 요령이 생겨서 그냥 "네……" 하고 전화기에 찍힌 손님의 번호를 같이 적어 주문을 받는다. 왜 처음부터 이런 요령이 없었냐고 묻는다면 "그래서 책 제목도 '어쩌다' 강남역 분식집인 걸요"라고 대답하겠다. 그나저나 다행인 것은 이렇게 주문한 음식을 늦게 찾으러 오는 사람은 있어도 아예 찾으러 오지 않은 사람은 아직 없었다는 것이다.

휴대폰 대신 공중전화나 집전화기를 사용하던 시절이 있었다. 어린 아들에게 "엄마가 어렸을 적에는 스마트폰은 없고 집에 전화기만 있었어"라고 말하니 깜짝 놀라면서 그럼 어떻게 살았냐고 말한다.

그때는 내가 전화를 걸 경우에 누가 내 전화를 받을지 알 수가 없었다. 친구 집에 전화를 걸어도 집에 마침 친구가 있어서 전화를 받을지 장담할 수 없었고, 친구의 부모님이 받는 일이 허다했다. 이렇게 전화를 하는 사람과 받는 사람을 사전에 확인할 수 없었기 때문에 몇몇 짓궂은 아이들은 장난전화를 걸기도 했다.

　30년 전, 초등학교에 다녔을 때만 해도 기본적인 전화예절을 배웠다.

　전화를 걸기 전에는 무슨 말을 할지 생각해야 하고, 언제 전화하면 좋을지 시간도 고려하라고 했다. 그리고 전화벨이 울린다고 수화기를 바로 들면 안 되고 벨이 세 번 울릴 때까지 기다렸다가 받아야 한다고 배웠다. 전화를 받을 때는 이를테면 "안녕하세요. 저는 ○○의 딸 윤진선입니다"라고 자신을 소개해야 한다. 통화할 때는 상대가 듣기 좋은 어투로 공손하게, 목소리는 너무 크거나 작지 않게 말해야 한다. 상대의 말은 끝까지 잘 들으며 필요 시 메모하고, 말 중간에 끼어들지 않도록 주의해야 한다. 마지막으로 통화를 끝내기 전에 전달해야 할 중요한 사항을 상대에게 다시 한번 확인해야 한다. 그리고 "안녕히 계세요", "감사합니다", "□□에게 잘 전달하겠습니다"와 같은 끝인사로 통화를 마무리한다. 이게 내가 배운 전화예절이다. 그러니 전화를 받자마자 "메밀김밥 한 줄이요"란 말을 들으면 얼마나 당황스러울까.

코로나 팬데믹 이후 생긴 전화기피증과 연관됐는지도 모르겠다. 문자메시지나 이메일, SNS를 이용한 소통에 익숙해지다 보니 전화통화를 부담스럽게 느끼는 것이다. 그런데 코로나 팬데믹 때는 서로의 안전을 위해 물리적 거리를 두고 비대면 소통을 했지만, 지금은 많은 것이 달라지지 않았는가? 이제는 더 이상 음성통화를 피할 수 없는 상황이고, 상호작용을 요하는 전화통화에 예절은 더더욱 필요하다고 생각한다.

일주일에 3, 4일은 전화로 김밥을 포장주문하는 손님이 있다. 나긋나긋한 목소리와 외모에서 풍겨 나오는 매력까지, 내가 참 좋아하는 단골손님 중 한 명이다. 강남역 분식집 오픈 시간은 열 시. 열 시에서 열한 시 사이면 이 손님에게서 전화가 온다. 주문하는 메뉴는 늘 한결같다. 묵은지참치김밥을 달걀 베이스로 바꾸고, 소스와 단무지를 빼고. 따르릉…… 전화벨이 울린다.

"안녕하세요. 강남역 분식집입니다."
"안녕하세요. 포장주문하려고 하는데요. 묵은지참치김밥 달걀 베이스에 소스와 단무지는 빼고 한 시까지 찾으러 갈게요."
"네. 묵은지참치키토김밥에 소스와 단무지는 빼고. 맞으시죠? 준비해 두겠습니다."

"감사합니다."

이것이 바로 내가 생각하는 이상적이고 바람직한 전화통화이다. 무슨 메뉴를, 어떤 방식으로 준비하고, 언제 찾으러 갈지 상대에게 필요한 정보를 말하기 때문이다. 거기에 "안녕하세요", "감사합니다"처럼 첫인사와 끝인사를 곁들면서 말이다. '소스X단무지X'라고 저장해둔 손님의 휴대폰 번호. 이 문구가 전화기에 뜨면 나는 왠지 모르게 반가운 마음이 먼저 든다.

전화예절에 관한 넋두리가 비단 "메밀김밥 한 줄이요" 하고 말하는 손님만을 두고 하는 말은 아니다. 전화는 현대사회에서 중요한 소통방식으로 사용되고 있다. '말 한마디로 천냥 빚을 갚는다'란 속담이 있잖은가? 손님과 식당 간의 원활한 소통을 위해 상호 전화예절은 필수다. 혹시 누가 아는가? 기분이 좋아 서비스를 챙겨줄지.

최소한 "안녕하세요", "거기 강남역 분식집 맞나요?"와 같이 기본적인 인사말과 식당 이름은 확인해야 한다. 주문사항을 명확하게 말하고 전화를 끊기 전 "감사합니다", "수고하세요" 하고 인사하는 것도 포함해서 말이다.

전화예절이 사라져가고 있는 것 같아 씁쓸한 마음이 든다. 서로에게 좋은 기억으로 남을 수 있도록 조금씩 노력해보면 어떨까?

오늘의 인생 레시피	예절이 사람을 만든다.

걱정마라~
탕

화르르 불빛이 두 눈을 찌른다. 칼날이 번쩍 빛나고, 바람 가르는 소리가 어디선가 들려온다. 탁탁탁탁탁……. 부드러우면서도 날카로운 리듬이 반복되며 고요한 주방을 가득 채우고 있다. 도마 위에 가지런히 오른 대파가 썰리고 있다. 대전에서 서울로 올라온 요식업의 무림고수가 칼질을 하고 있다. 부드러운 생김새의 그에게서 음식에 대한 예리함이 진심으로 느껴진다.

어느 날 분식집 대표님이 날씨가 쌀쌀하니 겨울 시즌메뉴로 마라탕을 판매해보자고 말씀하셨다. 이 말을 들은 무림고수의 동공이 잠깐 흔들린 듯했다. 그러나 이내 안정을 되찾고 이글

이글 열정이 가득 찬 눈빛으로 바뀌었다.

 2024년 틱톡, 유튜브 쇼츠에서 폭발적으로 유행한 노래가 있다. 〈마라탕후루〉라는 노래다. 10대 소녀의 짝사랑 감정을 마라탕과 탕후루에 빗대어 단짠단짠하게 표현했다.

 선배! 마라탕 사주세요 (그래 가자)
 선배! 혹시…… 탕후루도 같이…… (뭐? 탕후루도?)
 그럼 제가 선배 맘에
 탕탕 후루후루 ♪
 탕탕탕 후루루루루 ♪
 탕탕 후루후루 ♪
 마라탕탕탕탕 후루루루루 ♪

 반복적인 후렴구와 설렘이 느껴지는 귀여운 표현이 빠져들게 만든다.

 이 노래 때문인지, 마라탕이 한창 유행하고 있어서인지 모르겠다. 날씨가 쌀쌀해진 어느 날, 대표님이 마라탕을 판매하라는 하명을 내리셨다.

이때부터 대전 무림고수는 더 분주해졌다. 시장 분석을 위해 내로라하는 마라탕 맛집을 찾아다녔고, 유튜브 영상으로 마라탕에 들어가는 재료와 가게별 특징을 분석했다. 마라탕 본질의 맛은 유지하면서도 건강하게, 그리고 칼로리를 고려하여 그만의 레시피를 만들기 시작했다. 닭육수를 사용할지 돼지뼈육수를 사용할지, 어떤 채소와 고기를 넣을 것인지, 양념은 어떻게 만들 것인지. 마라탕 안에 추가적으로 들어가는 사리에 대해 깊게 고민했다.

강남역 분식집의 이미지에 맞게 독특하면서도 강렬한 맛을 내야 했다. 너무 맵지 않으면서도 깊고 풍부한 국물맛. 시중에 판매되는 마라탕 가격과 비교했을 때 비싸지 않으면서도 마라탕으로서 부족하지 않은 맛. 그런 마라탕을 만드는 것이 대전 무림고수가 해야 할 일이었다.

약 2주가 지나면서 그의 고민은 더 깊어졌고, 마라탕의 레시피는 점점 완성되어갔다. 드디어 강남역 분식집에서 판매하는 마라탕의 이름이 정해졌다. "걱정마라~탕". 이 마라탕을 먹는 손님들에게 심리적으로, 경제적으로 가볍게 해주고 싶어 붙인 이름이다. 나는 이 이름이 참 마음에 든다.

걱정마라~탕. 대신 걱정해드립니다. 그냥 맛있게만 드세요.

걱정마라~탕. 대전 무림고수가 미리 다 걱정해드렸습니다. 그러니 근심, 걱정 내려놓으시고 맛있게 드세요.

나는 이런 내용을 바탕으로 걱정마라~탕을 홍보하였다. 결론은 성공적이었다. 시중의 전문점에서 파는 마라탕 맛과 비교해도 뒤떨어지지 않는다. 거기에 1인분 1만 원 미만으로 가격 또한 착했다. 게다가 곤약 사리면과 라면사리 추가가 가능해서 든든함까지 더할 수 있다. 걱정마라~탕을 판매하고 나서 분식집 메뉴의 판매 1위는 걱정마라~탕이 되었다. 맛도 맛이지만 손님들의 마음을 사로잡은 것이 더 컸다.

'경기가 안 좋다', '주머니 사정이 가볍다'는 뉴스를 이틀 걸러 하루꼴로 듣는다. 장기간의 경기침체가 개개인의 걱정거리도 더했을 것이다. 그런데 분식집의 이 '걱정마라~탕'을 보면서 재치 있는 이름에 한 번 웃고, 가벼운 가격과 정성이 가득 들어간 묵직한 맛에 위로를 받을 수 있다. 실제로 봄이 되어 겨울 시즌메뉴인 걱정마라~탕이 사라지자 아쉬워하는 손님들도 생겼다. 분식집 직원인 나도 일주일에 한 번씩 마라탕을 사서 집에 포장해 갈 정도로 인기가 많았다.

걱정은 인간이라면 누구나 느끼게 되는 기본적이고 자연스러운 감정이다. 부정적 감정이라 생각해서 억누르는 사람도 있지만, 모든 사람이 걱정하고 불안도 느끼며 살아간다. 하지만 지나치면 일상생활에 무리가 생기고 스트레스, 무력감, 우울증으로 이어질 수 있으며 신체적 건강을 해칠 수 있다. 서점에 가보면 걱정과 관련한 많은 책들이 있는데, 지나친 걱정에 대한 위험성을 인지하고 이를 극복하고자 하는 현대인의 마음이 반영된 것일 터이다.

애초에 걱정이라는 것은 미래에 무슨 일이 벌어질지 모른다고 생각하고 불안해하기 때문 아닐까? 아직 일어나지도 않은 일에 너무 많은 에너지를 쏟는 것은 바람직하지 않다. 현재도 미래도 그리고 과거도 내가 계획한 대로 흘러가지 않기 때문이다. 그렇다면 지금 이 순간에 충실하고, 내가 할 수 있는 일에 최선을 다하면 되지 않을까?

좋아하는 티베트 속담 중에 "걱정을 해서 걱정이 없어지면 걱정이 없겠네"라는 말이 있다. 속담처럼 사실 걱정 자체가 무의미한지도 모른다. 걱정이 걱정을 낳을 뿐 정작 그 걱정은 해결되지 않는다. 악순환하는 걱정은 허무하기만 하다.

언제부터인가 나는 세상 보는 눈을 긍정적으로 바꿨다. 예전에는 걱정이 꼬리를 물어 밤을 꼬박 새운 적도 있다. 하지만 지금은 내가 해결할 수 있는 일과 해결할 수 없는 일을 구분 짓는다. 또 내가 어찌할 수 없는 일은 생각에서 과감히 내려놓으려 노력한다. 그리고 나의 에너지를 내가 할 수 있는 일에 선택 및 집중해서 사용하는 길을 택했다.

 분식집에 온 손님들이 걱정마라~탕을 먹고 힐링의 시간을 보내고, 잠시나마 근심과 걱정을 잊을 수 있다면 나는 족하다. 어떤 걱정도, 어떤 필요도 없는 유토피아가 생기지 않는 이상 우리는 계속해서 걱정하며 살지 않을까? 그래도 괜찮다. 강남역 분식집에는 모든 걱정을 잊게 해주는 걱정마라~탕이 있으니!

 오늘의
인생 레시피

해결될 일이라면 걱정할 필요가 없고,
해결되지 않을 일이라면
걱정해도 아무 소용이 없다.

내가 만난
알바님들

   분식집에서 일을 하게 되면서 많은 사람들을 만났다. 손님도 있지만 주방보조와 홀서빙, 설거지, 김밥 같은 모집 분야와 일용직에서 아르바이트까지 다양한 사람을 만났다. 나이, 성별, 사는 지역 모두 달랐다.

   그런데 이 모든 사람들을 만날 수 있는 곳이 있다. 바로 알바천국, 알바몬, 잡코리아, 벼룩시장 같은 구인구직 사이트다. 그리고 내가 가장 애용하고 단기 알바를 구인하기 좋은 곳, 당근알바도 있다!

손금이모님

강렬한 인상을 남기고 간 손금이모님. 아직도 가끔 그 이모님에 대해 이야기하곤 한다. 이모님은 요식업협회에서 일용직으로 설거지할 사람을 찾다 만났다. 식당에서 오랫동안 일하신 경력이 있어서 그런지 손이 빨랐다. 설거지도 뒷마무리도 척척, 두말하지 않아도 할 일을 척척 하는 분이었다. "제가 손금을 좀 볼 줄 알아요." 이모님의 말에 너나없이 이모님 앞으로 손을 떡하니 내밀었다. "말년에 재복이 있네", "건강 조심해야겠네" 하며 좋은 말과 조언도 하였다.

한번은 손금을 봐달라는 한 직원에게 손금이모님이 이런 말을 했다. "끼가 좀 있으시네요." 하하하, 손금 본 이분은 결혼도 하시고 이미 애도 두 명이나 있는 걸요! 실제로 이모님의 말을 들은 이분은 충격을 받았는지 자신도 몰랐던 잠재력을 깨닫고 놀랐는지 모르겠지만, 한참을 '끼가 있네'란 말에서 헤어 나오질 못했다. 우리에게 즐거움과 당혹감을 안겨준 손금이모님. 가끔 생각난다.

칼국수 집을 차리고 싶어요

50대 후반의 중년남성이다. 키도 작고 체력도 약해 보였지만 왠지 모르게 카리스마를 풍겼다. 나중에 알게 된 사실인데, 이분은 회사생활을 오랫동안 하다가 정년퇴직했다고 한다. 그러곤 평소에 요식업에 관심이 있던 차에 식당을 차리고 싶어 이 식당 저 식당에서 일을 하고 있다고 했다. 일식, 레스토랑, 칼국수, 한식 그리고 분식집을 다녀보았는데 그중에 칼국수 집을 차리고 싶다고 했다. 강남역에 있는 강남교자에서도 일을 해보았다고 했다. 강남역 분식집에서는 김밥 마는 일을 했는데 꼼꼼하고 습득력이 빨랐다. 첫날부터 김밥 종류별로 안에 들어가는 재료를 외웠고, 또 김밥을 단단하고 고르게 잘 말았다. 손아귀 힘도 있는데다가 힘을 고르게 분배하는 능력도 있었다. 이분은 강남역 분식집에서 3주 정도 일하시고는 본인의 꿈을 이루기 위해 갈 길을 갔다. 젊은 나이가 아님에도 음식점을 해보겠다는 열정과 꿈! 요리에 대한 진지한 자세와 진심! 칼국수 집을 차려 꼭 대박 났으면 좋겠다.

가불해주세요

당근 알바에서 급하게 김밥 말 사람을 모집한 적이 있다. 보건증도 반드시 있어야 하고 김밥을 말아본 경험도 있어야 하기에 원하는 기간 내에 구하기가 어려웠다. 그런데 모집공고 글을 올린 날, 감사하게도 한 분이 지원을 했고 바로 출근도 가능하다 했다. 그리고 다음 날 풀메이크업을 하고 빨갛게 립스틱을 바른, 앞머리에도 힘을 강하게 준 이모님이 왔다. 나는 자기 자신을 가꿀 줄 아는 사람을 좋아한다. 그분은 김밥도 잘 말고 쾌활한 분이었다. 그래서 만남이 반가웠고 앞으로도 기대되었다. 그런데 일을 시작한 지 대략 한 시간쯤 지났을까? 갑자기 나에게 다가와 이런 말을 했다.

"아들이 지금 필리핀에 놀러 갔는데, 친구가 사고를 쳐서 경찰서에 있대요. 아들이 한국에 들어와야 하는데 비행기표 살 돈이 없어서 못 오고 있어요. 혹시 오늘 일당을 가불해주실 수 없을까요?"

"네?"

우리가 얼굴 본 지 얼마나 됐다고 가불을 해달라니……. 당혹스러웠다. 이 황당한 마음을 어떻게 표현해야 할지 모르겠다. 하지만 이내 혼미했던 정신을 차리고 말했다.

"이모님, 저희가 보통 일당은 일을 다 하고 나서 드리고 있어요. 오늘 두 시에 일 끝나시잖아요? 그때 바로 이모님 계좌로 일당 보내드리라고 점장님께 말씀드릴게요" 하고 말했다. 나름 친절하면서도 단호하게 거절하였는데 이모님의 집요함은 끝이 없었다.

"매니저님 재량으로 먼저 보내주시면 안 될까요?" "제가 일당이 입금되면 돈을 보내드릴 테니, 먼저 돈 좀 빌려주시면 안 될까요?"라면서 말이다. 나의 계속된 거절에 이제는 주방에 있는 직원들에게 차례로 물어보기 시작했다. 보다보다 참지 못한 내가 이모님을 뒷문으로 따로 불러 말했다.

"이모님, 돈 빌려달라고 이렇게 직원분들에게 말하면 일하기가 불편해집니다. 일당은 일이 끝난 후 바로 입금해드린다고 말씀드렸는데……" 하니 "죄송합니다. 대신 일 끝나면 바로 입금해주셔야 해요! 점장님께 꼭 말씀드려주세요!" 알겠노라, 약속하겠노라, 일 끝나면 바로 꼭 입금하겠노라 몇 번이나 확답을 드린 후에야 이모님은 다시 일을 할 수 있었다.

그렇게 이모님의 근무시간이 끝나고 일당이 입금된 것을 확인한 후에야 "아들이 이제 공항에서 비행기 타려고 기다리고 있대요. 감사합니다. 내일 봬요"라며 인사하고 가셨다. 어찌됐든 일을 야무지게 하셨고 뒷문에서 했던 약속을 지켰기에 나도 이전 일은 잊고 홀가분한 마음으로 이모님을 보내드렸다. 그런데 웬걸? 다음 날 출근한 이모님이 하신 말씀이 또 가관이었다.

"아들이 갑자기 사정이 생겨서 어제 비행기를 못 탔대요. 오늘 일당을 가불해줄 순 없을까요? 저 어제 일하는 거 보셨잖아요. 어디 도망 안 가고 열심히 일 잘할게요."

도대체 이모님이 어제 받은 일당은 어디에 사용된 걸까? 왜 가불이 필요한 걸까? 진짜 필리핀에 아들이 있긴 한 걸까? 이 모든 것이 의문투성이지만 나는 더 이상 궁금해하지 않기로 했다.

닭다리 왕자님

　2주 동안 홀에서 파트타임으로 일할 알바를 모집한 적이 있다. 다행히 20대 초반의 한 남성이 지원을 했고, 열심히 하겠다는 각오의 말을 남겼다. 나는 그 마음이 이뻐서 당장 내일부터 출근하라고 했다. 첫 알바라고 한다. 앳된 얼굴과 수줍어하는 모습만 봐도 처음 해보는 사회생활이구나 하고 느껴졌다. 앞치마를 맬 줄 모른다. 리본 묶는 법도 모른다. 행주로 테이블을 제대로 닦긴 하는지 모르겠다. 하지만 처음이라니까 다 이해하기로 했다. 입대를 앞두고 있어서 대학교 휴학을 하고 알바를 하는 거라고 했다. 서툴고 모르는 것 투성이지만 나는 그래도 차근차근히 알려주었다. 첫 알바에 대한 좋은 기억을 남겨주고 싶은 마음이 들었기 때문이다.

　이곳 분식집의 직원들 점심식사는 시간이 따로 정해져 있지 않고 한 명씩 돌아가면서 먹는다. 그래서 내가 먼저 먹고 그다음에 홀 알바친구가 먹고 퇴근하기로 했다. 그날의 메뉴는 닭볶음탕. 주방 팀장님이 닭 두 마리로 직접 닭볶음탕을 만들어 줬다. 우리가 총 몇 명이니까…… 음…… 그럼 나는 닭다리 한 개는 먹어도 되겠다는 계산이 나왔다. 밥과 닭볶음탕 그리고 갖가지 반찬을 담아 맛있게 먹었다. 나 다음에는 알바친구 식사시간이다. 처음 해본 알바라 그런지, 서빙을 하느라 에너지를 많이 소비했는지 밥도 닭볶음탕도 반찬도 모두 듬뿍듬뿍 담았다. 그리고 자리에 앉아 맛있게 먹기 시작했다. 어? 닭다리 세 개와 큼지막한 닭 조각들이 보인다. 순간 내가 봤던 냄비 속 닭볶음탕의 양을 머릿속으로 가늠해보았다. 아까 닭 두 마리로 만들었다고 했는데……. 아직 식사를 안 한 사람이 네 명이나 있는데? 그런데 혼자서 닭다리 세 개를 먹는다고? 닭다리를 엄청 좋아하나? 닭다리만 먹을 정도로 귀하게 자랐나? 온갖 생각이 들고 살짝 혼란스러웠다. 정말로 사회생활 처음이 맞기는 한가 보다. 지금쯤 군대에 있을 텐데, 군생활은 잘하고 있겠지?

같이 일하고 싶은 친구

"제 전공이 뭘까요? 맞춰보세요~." 질문도 하고, 싹싹하고, 사람에게 관심과 호기심도 많던 그 친구. 건축학을 공부하고 있는 대학교 1학년 여학생이다. 방학 동안 할 수 있는 알바자리를 찾다가 집에서 가까워 강남역 분식집에 왔다고 했다. 여름방학 동안 나와 함께 땀을 흘리며 호흡을 맞추었다. 척하면 척 눈만 마주쳐도 내가 무슨 생각을 하는지 알았고, 말하기도 전에 알아서 할 일을 했다. 지금까지 이 친구만큼이나 나와 손발이 잘 맞는 친구는 못 만났다. 그래서인지 환하게 웃던 얼굴도 가끔 떠오르고, 보고 싶다는 생각도 한다. 두 달 동안 단 한 번의 결근과 지각도 없었고, 그야말로 성실한 친구였다. 하나를 보면 열을 안다고, 그녀의 앞날이 기대된다. 이번 겨울방학에 다시 이곳에서 만나자고 약속했는데 우리는 과연 만날 수 있을까? 다시 만나지 못한다 하더라도, 나는 그녀의 희망찬 앞날을 응원한다. 참 고마운 친구다.

이밖에도 많은 알바들이 강남역 분식집을 다녀갔다. 갑자기 감기에 걸렸다며 출근 10분 전에 못 오겠다고 일방적으로 통보한 알바도 있었는데, 사실 이것은 양반이다. 출근시간이 한참 지났는데 오지도 않고 전화기는 꺼져 있는 알바, 출근날 갑자기 코로나에 걸려 올 수 없다는 알바, 일하다가 갑자기 한 시간만 일찍 퇴근하면 안 되겠냐고 묻는 알바, 집은 역삼역 바로 앞이라는데 한 시간이 지나가도록 "가는 중이에요"라고 말하는 알바, 그리고 한 시간 뒤에 "사실은 제가 서울대입구역인데요……" 말하던 그 알바, 생일이면 보너스를 주냐며 엉뚱한 질문을 남긴 알바, 숙식이 가능하냐고 묻는 알바, 저는 영어를 참 잘해요라고 말하던 외국인 교환학생도 있었다. 그리고 초등학교에서 급식 일을 하다가 방학이라 잠깐 왔다는 알바, 출장뷔페에서 일한다던 누구보다 손 빠른 알바, 지금 나와 함께하고 있는 알바까지…….

돌이켜보니 기억에 남는 알바들이 참 많다. 그리고 새삼스럽게 다시금 깨닫는다. '세상엔 내가 몰랐던 다양한 사람들이 살고 있구나' 하고 말이다.

오늘의
인생 레시피 | 세상에는 서로 다른, 다양한 사람들이 살고 있다.
그들을 모두 이해하려고 하지는 말자!

모두를
만족시킬 수는 없다

사람마다 입맛이 모두 다르다. 나는 매콤한 짜장'밀'떡볶이를 제일 좋아하지만, 누구는 고추장'쌀'떡볶이가 제일 맛있을 수 있다. 그래서 식당에서는 한 가지 메뉴를 팔기보단 손님들이 입맛에 따라 골라 먹을 수 있도록 여러 메뉴를 판매한다. 또 나는 이 우동의 간이 적당하다고 생각하지만, 누군가에게는 짜거나 싱거울 수 있다.

보통은 리뷰를 보며 음식에 대한 손님들의 반응을 살핀다. 누구에게는 맛있고 또 누구에게는 짜고 맵고 또 싱겁다. 이럴 때 식당에서는 어떻게 해야 할까? 음식이 짜다는 악평의 리뷰를 보고 싱겁게 만들어야 할까? 그렇지 않다. 큰 결점이 있지 않은 이상 손님들 평가에 하나하나 반응하기보다 음식의 맛을 일정하게 유지하는 것이 더 중요하다.

식당을 운영한다는 것은 단순히 음식을 맛있게 만들어 파는 것만을 의미하지 않는다. 성공하는 식당은 손님이 만든다고들 하는데, 실제로는 사장이 그 중심에 있다. 무엇보다 성공하는 식당은 비전이 있다. 식당에서 어떤 분위기를 제공할 것인지, 어떤 종류의 어떤 맛을 내는 음식인지, 어떤 서비스를 할지, 손님이 식당에서 어떤 경험을 하게 할지에 대한 방향이 확고하다. 이것이 명확하지 않으면 식당은 일관성을 잃게 된다. 좋은 기억을 가지고 오랜만에 방문한 식당에서 "그 집 예전 같지 않네" 하고 말하는 경우가 바로 이것이다. 그렇게 되면 손님이 처음 방문했을 때와 같은 감정을 계속 느낄 수 없고, 결국 단골손님을 잃게 된다.

몇 달 전 이야기다. 강남역 분식집에서는 3,900원짜리, 포장만 되는 메뉴로 매콤어묵김밥을 판매하고 있다. 매콤한 어묵이 한가득 들어 있어 씹는 맛도 좋고 스트레스를 날려주는 매운맛으로 인기가 좋다. 한번은 배낭을 멘 여성이 먹다 남은 매콤어묵김밥을 들고 분식집으로 들어왔다. 불과 몇 분 전에 주문해서 가져간 것 같은데 근처에서 먹고 있다가 분식집에 다시 온 모양이다.

"먹다가 신맛이 너무 나서 이거 안 되겠다 싶어서 가지고 왔어요."

"어머, 그러셨어요? 혹시 남은 김밥을 제가 한번 먹어보고 확인해도 될까요?"

평소 김밥 재료 관리에 신경을 쓰고 있고, 중간중간 상태와 맛도 확인한다. 그럼에도 무더운 여름에는 아무리 관리를 잘한다 해도 높은 기온에 음식이 변질될 수 있기 때문에 일단 손님에게 양해를 구했다. 그렇게 손님이 먹다 남은 김밥을 주방식구들과 함께 먹어보았다. 음……? 그런데 맛이 평소와 크게 다르지 않다.

매콤어묵김밥에는 다른 김밥과 달리 단무지가 두 개 들어간다. 단무지가 어묵의 매운맛을 중화해주고 씹는 맛을 더 좋게 해주기 때문이다.

"손님, 저희 매콤어묵김밥에는 단무지가 두 개 들어가 있어요. 그래서 좀 더 시다고 느껴질 수도 있어요."

"그런데 저번보다 좀 더 시다니까요!"

"아, 손님 지난번에도 저희 분식집에서 매콤어묵김밥을 드셔보셨나요? 그때와 맛을 비교했을 때 좀 더 시어졌다는 말씀이

신 거죠?"

"아니, 다른 데서 먹어봤어요⋯⋯."

"아⋯⋯. 그런데 손님, 가게마다 매콤어묵김밥 맛은 다를 수 있어요. 저희 김밥은 매운맛도 있지만 단무지의 달면서 시원한 맛도 있어요. 그래서 전에 드셨던 김밥이랑 맛이 다를 수 있어요."

그래도 손님은 아직 의심이 풀리지 않은 모습이다.

"손님께서 못 드실 정도로 김밥이 시다고 하시면 바로 환불해 드릴 수 있어요. 아니면 다시 김밥 한 줄 싸드릴게요."

손님은 다시 싸달라고 말했다. 그래서 손님이 보는 앞에서 바로 김밥을 다시 말아 드렸다.

"음⋯⋯ 아까랑 맛은 비슷한데, 이게 좀 더 낫네요" 한다. 그러더니 멋쩍었는지 김밥 한 줄 값을 다시 계산하겠다고 했다. 나는 손님의 궁금증이 풀렸으면 되었노라 말하며 사양했다.

메뉴의 이름이 같더라도 파는 가게마다 맛이 다를 수 있다. 매콤어묵김밥이 우리 분식집 판매량의 베스트3 안에 들어가는 메뉴임에도 어떤 사람은 그 맛에 의문을 가질 수 있다. 그래도 진정한 맛집과 고수는 자신만의 노하우가 담긴 레시피로 뚝심 있게 밀고 나간다. 아무리 맛있는 음식을 만들더라도 이 손님 저 손님 입맛에 맞추다 보면 본래의 맛은 사라지고 이도 저도 아닌 음식이 되기 때문이다.

'김밥에서 조미료 맛이 강하게 느껴져 하나만 먹고 버렸습니다. 공장에서 납품해서 만드나 봐요? 인위적인 맛이 최악. 느끼합니다. 가성비 완전 제로입니다. 양은 대충 담은 것 같고 실망입니다. 다시는 여기에서 주문 안 할 듯합니다. 별 1점도 아깝습니다.'

'김밥을 건강하게 만들려고 한 건 알겠는데 조미료가 폭탄으로 들어갔네요. 주범이 계란 같은데, 눈속임하지 마세요. 먹어보면 다 알아요. MSG 폭탄 먹으니 잠 쏟아지고, 입안에 이상한 거 쩍쩍 들러붙는 불쾌한 느낌이 짜증 나서 과일이랑 양치로 씻어내느라 고생했네요. 먹고 나면 조미료 특유의 냄새가 계속 입에서 맴돌고 속에서도 올라오는 게 너무 짜증 나고 싫어요.'

배달앱에 달린 이런 리뷰들을 보면 기운이 쭉 빠질 수밖에 없다. 무엇보다 사실 유무를 떠나 손님이 이렇게 리뷰를 단 것이 속상하고, 음식 만드는 사람들의 노력과 진심을 몰라줘서 두 번째로 속상하다. 마지막으로 별 1점을 줘서 리뷰 총평점이 내려갔기에 잠재고객에게 부정적 영향을 주기 때문에 또 마음이 아프다. 이럴 때는 어떻게 답변을 달아야 할까 한참 고민을 한다. 그리고 무조건 죄송하다고 말하기보다 나의 솔직한 마음을 담아 적는다.

'안녕하세요. 강남역 분식집입니다. 오늘 드신 음식이 만족스럽지 못하셨나 봐요. 그런데 저희 김밥에는 MSG, 조미료가 폭탄으로 들어가지 않습니다. 계란 지단에는 갈변을 막기 위해 약간의 첨가물이 들어갔지만, 신선한 재료와 채소로 건강한 김밥을 손님들에게 제공하기 위해 노력하고 있습니다. 좋은 재료와 맛, 서비스로 만족시켜드리고 싶은데 모든 고객님을 만족시켜 드리기가 참 어렵네요. 좀 더 연구하고 발전하는 강남역 분식집이 되도록 노력하겠습니다.'

모두를 만족시킬 수 있는 맛은 세상 어느 곳에도 없다. 모두를 만족시킬 수 있는 사람도 없다. 안타깝지만 이 사실을 받아들여야 한다. 패배를 인정하는 것이 절대 아니다. 오히려 성장의 첫걸음이라 생각하기 때문이다. 세상에는 다양한 사람들이 살고, 가치관도 다 다른데, 나를 그들에게 맞추려고 하면 결국 나 자신의 정체성을 잃게 된다.

손님들의 호불호에 굴하지 않고 자신만의 노하우가 담긴 레

시피를 고수하는 맛집처럼, 나도 그냥 나답게, 눈치 보지 말고
당당하게 나 자신으로 살아야겠다.

| 오늘의
인생 레시피 | 모두를 만족시킬 수 있는 사람은 없다.
그렇다면 그냥
힘 빼지 말고 나답게 살자! |

손님은
왕이 아니다

 분식집에서 일하다 보면 가끔 억울한 상황이 발생하기도 한다. 그날도 그랬다.

 여느 날과 다를 것 없던 그날, 중년의 한 여성손님이 분식집으로 들어왔다. 그러곤 카운터 바로 앞자리에 앉아 김밥 한 줄과 어묵탕을 주문했다. 나는 주문서를 출력해서 주방에 전달하고, 홀 방향으로 돌아섰다. 으응? 여성손님이 가방 안에서 주섬주섬 무언가를 꺼낸다. 일회용 비닐장갑이다. 양손에 일회용 비닐장갑을 착용하고 셀프바에 가서 수저, 접시, 반찬을 챙긴다. 그리고 종이컵에 온수를 담아 수저를 담근다. 아…… 개인 위생에 철저한 분이시구나. 코로나 때 생긴 안전과민증 때문일까? 혹시 모를 질병에 대비하는 걸까? 아직까지 일회용 비닐장갑을 가지고 다니면서 식사 때 착용하고 있는 모습을 보니 '조금 유별난 분이군' 하고 생각했다. 그게 전부였다.

그런데 김밥과 어묵탕을 먹던 여성손님이 갑자기 자리에서 벌떡 일어났다. 점심시간이라 분식집 안은 손님들로 바글바글한데 말이다. 그러고는 "저기요!" 하고 큰 소리로 나를 부른다. 무슨 일이 생겼나 싶어 재빠르게 손님 자리로 갔다. "저기요! 이 어묵탕 국물이 이게 뭐예요! 이거 완전 조미료 덩어리 아니에요? 맛이 왜 이 모양이야!" 한다. "네?" 나는 너무 당황해서 뭐라고 말해야 할지 아무 생각이 나지 않았다. 다른 손님들도 무슨 상황인가 싶어 여성손님과 나를 번갈아 쳐다보았다.

어묵탕 국물에 뭐가 들어가지? 머릿속으로 레시피를 떠올리며 재료들을 하나하나 짚어보았다. 무, 양파, 대파……. 아, 조미료가 조금 들어가긴 하는구나. 손님에게 뭐라고 설명해야 좋을까 고민하고 있는데 여성손님이 또 입을 연다. "이거 보니까 다시마만 섞어놓고 만들었구먼! 어떻게 이런 음식을 손님한테 파는 거예요! 여기 음식이 다 이런가?" 내가 아무 말도 못 하고 가만히 있으니, 손님은 점점 더 강하게 말했다.

이쯤 되니 나도 슬슬 억울해지기 시작했다. 아침 일찍부터 주방식구들이 어떻게 음식을 준비하고 있는지 알기 때문이다. 대파, 양파, 무, 갖은 채소를 일일이 씻어 준비하고 커다란 들통에 넣어 육수를 끓인다. 그 과정에 몇 가지 비법 재료도 들어간다. 불 앞에 서서 육수 통을 지키고 있는 것도 쉽지 않은 일인데 말이다. 우리 분식집 김밥? 공장에서 납품 받아 사용하는 재료도 있지만, 음식이 상하지 않고 맛을 일정하게 유지하기 위한 최소한의 안전한 조치다. 그 외에는 매일 씻고, 칼로 자르고, 데치고, 굽고, 양념하고…… 우리의 손과 정성이 깃들지 않은 것이 하나도 없다.

나는 분식집에서 일을 시작하면서부터 웬만해서는 손님과 언쟁을 벌이지 않으려 마음먹었다. 화가 나거나 억울한 일이 있더라도 내가 허용할 수 있는 범위라면 꾹 참으려고 노력했다. 하지만 이번은 달랐다. 만약 내가 그 자리에서 손님에게 "죄송합니다"라고 말하면 우리 분식집은 조미료 덩어리를 음식에 넣고 판매하는 식당이 되는 건데, 그것은 사실이 아니니 용납할 수 없었다. 그리고 내가 손님의 말을 인정하면, 이 이야기를 듣고 있는 다른 손님과 주방의 식구들은 어떻게 생각하겠는가? 다른 손님들도 내가 먹고 있는 음식이 조미료 덩어리구나 생각할 수 있고, 이곳에 대한 불쾌한 이미지가 생길지도 모른다. 그리고 혹시 소문이라도 난다면? 리뷰에 적히기라도 한다면? 분명 매출에 치명적인 타격이 될 것이다. 또 우리 주방식구들은? 아침 일찍부터 출근해 재료를 씻고 손질하고, 육수를 내고, 전처리하고 음식을 만드는 모든 과정에 대한 노력이 부정당하는 느낌이 들 것이다. 그들의 땀이 없었다면 분식집 오픈시각에 맞추어 음식을 만들 수도 없는 일이고, 지금의 분식집을 만들 수도 없었을 것이다.

나는 숨 한번 크게 내쉬고 손님에게 침착하고 나긋한 목소리로 말했다. "손님, 손님께서 음식을 드시고 조미료 덩어리라고 말씀하셨는데, 그건 사실이 아닙니다. 저희는 아침 일찍 채소부터 다 직접 손질하고, 육수도 직접 육수망에 넣어 우려냅니다. 육수를 내는 과정에서 조미료가 조금 들어갈 수는 있지만 손님이 말씀하신 것처럼 못 먹을 정도의 조미료 덩어리라고 생각하지 않습니다. 그렇다고 오늘 평소와 다르게 조미료가 더 많이 들어간 것도 아닙니다. 항상 일정한 맛을 유지하기 위해 정확하게 계량하고 염도계로 재고 있습니다. 만약 손님께서 그래도 못 드시겠다고 말씀하시면 바로 환불해 드리겠습니다" 하고 말이다. 차분한 목소리로 또박또박 말은 했지만 혹시나 내 감정이 울컥해서 감정적으로 응대할까 봐 조심했다.

나의 침착한 태도 때문이었을까? 하고 싶은 말을 당당하게 해서일까? 이 말을 들은 손님은 "아 그래요? 어쩐지 다른 데랑 국물맛이 다르더라" 하시곤 아무 일도 없었다는 듯이 자리에 앉아 다시 식사를 했다. 그러곤 분식집 손님들에게 다 들릴 정도의 큰 목소리로 "와~ 이 집 음식 잘하네~. 맛있다~" 하고 말했다.

이 손님은 도대체 무슨 마음으로 이렇게 말한 것일까? 그 심리가 궁금하기도 하고 속상한 마음도 들어 인터넷 검색을 해보았다. 심리학 관련 책을 보면, 이렇게 무례하게 행동하는 손님들의 심리에 다양한 요인이 있다고 한다.

첫째, 큰 소리로 이야기함으로써 자신이 통제할 수 없는 불안한 상황을 자신이 주도하려고 하는 경우다. 또 불평과 불만을 이야기하면서 상대방을 압도하려는 심리가 반영되었다고 한다.

둘째, 일상생활에서 쌓인 스트레스나 좌절감 때문에 작은 문제에도 과도하게 반응하는 것이다. 식당에 들어오기 전부터 이미 긴장 상태였거나 기분이 나쁜 상황이었던 것이다.

셋째, 자신의 사회적 지위나 권위를 과시하기 위해 일부러 무례하게 행동하는 경우다. 자신이 식당 직원보다 우월한 위치에 있다고 생각해서 자신의 위치를 공고히 하는 방법으로 일부러

소리를 낸다.

넷째, 자신의 잘못이나 불안함을 숨기기 위해 타인에게 화를 내거나 공격적으로 행동을 하는 자기방어 기제라고 한다. 식당에서 잘못된 주문을 했거나 실수를 했을 때, 이를 인정하지 않고 도리어 문제를 일으켜 자신의 실수를 방어하는 것이다.

손님이든 직원이든 억울한 상황이 발생하거나 부당한 대우를 받으면 안 된다. '손님은 왕이다'라는 말이 있는데, 손님은 왕이 아니다. '손님은 그냥 손님이다!' 그리고 '사장도 그냥 사장이다.' 서로의 비위를 살살 맞추면서 간이고 쓸개고 다 내어주기 싫다. 진심 없는 말로 아부하는 것보다 나만의 잣대로 줏대 있게 사는 것이 더 멋있는 것 같다.

'아프니까 사장이다'라는 이름의 온라인 커뮤니티가 있다. 이곳은 요식업뿐 아니라 다양한 자영업 사장들이 모인 곳으로, 영업을 하면서 겪는 고충을 공유하기도 한다. 최근 이 카페에서 내 마음을 대변해주는 듯한 재미난 글 하나가 올라왔다. 돈가스 식당에서 하루 네 시간 알바를 하는 20대 초반 여성의 이야기다.

어느 날, 손님이 돈가스를 주문한 지 몇 분 되지 않아 음식이 언제 나오냐고 보채기 시작했다. 주방에서는 아직 4분이 남았다고 했고, 이 말을 들은 알바는 손님에게 4분 뒤면 음식이 나온다고 전했다. 그런데 이 말을 들은 손님이 이렇게 말했다.

"좀 더 **빨리** 해주세요."

"그럼 돈가스가 안 익을 수도 있는데 괜찮으세요?"

"아니, 맛있게 **빨리** 만들어주세요."

"안 익고 눅눅한 상태인데, 지금 그냥 드릴까요?"

"……."

하하하. 주방에서 음식이 조리되어 나오기까지 정해진 시간이 있다. 이 시간을 지키지 않으면 음식이 덜 익거나 제맛이 나지 않는다. 그런데도 손님이 **빨리** 달라고만 하면 난감하다. 마냥 죄송하다고 이야기할 만한 일도 아니다. 죄송하다고 해서 음식이 **빨리** 만들어지는 것도 아니고, 그렇다고 다른 음식을 가져다줄 수도 없기 때문이다. 알바의 줏대 있는 대처와 객관적 입장에서 사실만을 이야기한 점이 참 멋있고 통쾌하다. 배울 만한 대처법이라고 생각한다.

손님은 왕이 아니다. 그렇다고 사장도 왕이 아니다. 손님은 합당한 가격의 돈을 지불하고, 사장은 그에 걸맞은 음식과 서비스를 제공한다. 서로의 만족을 위해 일종의 물물교환을 하는 것이다. 손님의 갑질, 사장의 갑질이라는 말이 더 이상 들리지 않았으면 좋겠다. 서로가 서로를 존중해주는 관계가 되면 좋겠다.

오늘의
인생 레시피

손님은 왕이 아니다!
사장도 왕이 아니다!
그렇다고 내가 왕은 아니다!
우리 모두 왕이다!

감사의 마음을 담은
서비스

위에서 내리는지 아래에서 솟아오르는지 모를 정도로 폭우가 쏟아지는 날에도, 질퍽질퍽 으스러지는 소리가 들리는 폭설이 내리는 날에도, 집 밖을 나서는 순간부터 숨이 턱 막혀오는 폭염주의보에도 분식집을 찾아주는 손님이 있다. 날씨 좋은 날에 찾아와 음식을 드시는 손님도 물론 감사하지만, 궂은 날씨에 찾아와주신 손님들은 더 감격스럽다.

짚신장사와 우산장사를 하는 두 아들의 어머니 이야기가 있다. 어머니는 매일 날씨 때문에 걱정이 끊이지 않았다. 비가 오는 날이면 짚신을 파는 아들이 떠올라 마음이 무겁고, 또 날씨가 맑은 날이면 우산을 파는 아들이 걱정되었다. 이렇게 어머니는 날씨에 따라 마음 편한 날이 없었다. 그러던 어느 날, 지혜로운 이웃이 어머니의 걱정을 듣고 이렇게 말했다. 비 오는 날에는 우산이 잘 팔리니 좋고, 맑은 날에는 짚신이 잘 팔리니 좋지 않겠어요?

분식집에서 일하면서 나도 처음에는 그랬다. 비가 오거나, 너무 덥거나, 눈이 많이 오면 그날 매출이 적을까 봐 걱정되었다. 그런데 두 아들 어머니 이야기처럼 생각을 바꿔보기로 했다. 비가 오는 날에는 우동, 라면과 같은 뜨끈한 국물 음식이, 더운 날씨에는 시원한 냉모밀과 화끈한 맛의 떡볶이가 제격이다. 날씨야 어떻든 분식집에 오는 손님들이 있으니 매일 감사한 마음으로 일하면 된다.

손님에 대한 이런 감사한 마음을 나는 서비스로 표현하려고 한다. 매일 찾아와 주시는 단골손님, 주문이 밀려 평소보다 오래 기다린 손님, 일행이 같이 앉을 수 있도록 다른 손님에게 자리를 양보해주신 손님 등 고마운 분들이 많다. 이분들에게 어떻게 하면 나의 마음을 표현할 수 있을까? 고민하다가 서비스를 챙겨드리기로 했다. "감사합니다"란 말도 물론 있지만 서비스를 챙겨드리는 것은 말 이상의 의미를 전달해주는 것 같기 때문이다.

　출근길인 것 같다. 일주일에 두세 번씩 아침마다 분식집에 들르는 중단발머리의 여성손님이 있다. 김밥 한 줄을 꼭 포장해가는데 늘 비슷한 시간대에 오다 보니 지금은 반갑게 인사를 주고받기도 한다. 이 손님이 바로 비가 오는 날, 눈이 오는 추운 날, 헉 하고 탄식이 나오는 더위에도 오는 단골손님이다. 이렇게 매번 우리 분식집에 와서 김밥을 포장해가니 더욱 고마운 마음이 든다. 어떤 날은 유독 고마운 마음이 드는 날이 있다. 이럴 때에 빨간색 하트와 '감사합니다'라고 문구가 써진 스티커를 붙여 소소하게 서비스를 챙겨드리곤 한다.

　집 근처에 수제 스콘 전문점이 있다. 아침부터 스콘, 쿠키, 브라우니, 타르트를 좋은 재료와 특별한 레시피로 갓 구워 판매한다. 재료도 건강하고 맛있다 보니 퇴근길에 종종 들러 포장해 간다. 에스프레소, 피넛피칸 스콘과 초코 브라우니는 우리 가족의 최애 메뉴다.
　이 집이 단골이 된 데에는 특별한 이유가 있다. 처음 이 가게에 갔을 때다. 너무 늦은 시각에 방문한 탓인지, 아니면 워낙 인기가 있는 디저트 맛집이라 그런지 모르겠지만, 진열대에 남아 있는 디저트가 별로 없었다. 먹어보고 싶던 두부스콘도 이미 품절, 아쉬움을 감추며 가족과 함께 먹을 디저트 몇 개를 쟁반 위에 올렸다. 계산을 하고 내가 고른 디저트를 봉투에 담고 있는데, 갑자기 사장님이 쿠키 하나를 봉투에 더 담아 주었다. "이건 서비스예요." 우와! 사장님은 디저트를 사 가는 사람에게 감사하고 고마운 마음으로, 아니면 재방문을 유도하는 목적으로 서비스를 줬을 것이다. 나는 첫 방문에 서비스를 받으니 대우를 받고 있다는 느낌에 마음이 따뜻해졌다. 다음에 또 와야지 하는 생각이 들었다. 분식집에서 서비스를 받는 손님들도 나와 같은 기분이 들지 않았을까? 이 마음이 손님에게 잘 전달되면 좋겠다.

반대로, 이런 경우도 있다. 불과 한 달 전 이야기다. 여성 네 분이 와서 김밥, 떡볶이, 볶음밥 등 몇 가지 메뉴를 주문했다. 여럿이 찾아와 또 인원수보다 많이 주문해주니 고마운 마음이 들었다. 그런데 그중 한 분이 나보고 잠깐 와보라며 손짓한다. "저희가요, 배달로도 여러 번 시켜 먹었어요. 저번에 전화로 주문했을 때 다음번에 가게로 와서 먹으면 서비스를 챙겨준다고 하셨는데⋯⋯ 기억나시죠? 저희 진짜로 가게에 왔으니 서비스 잘 챙겨주세요" 하고 말한다. 서비스? 나는 그런 말을 한 적이 없는데? 어쩌면 내가 퇴근하고 다른 직원이 다음번에 서비스를 드리겠다고 말했을 수도 있다. 그런데 그 손님의 당당한 서비스 요구는 나를 뒷걸음질치게 만들었다.

강남역 분식집에서는 일종의 마케팅 전략으로 리뷰 이벤트를 하고 있다. 손님이 직접 주문하고 먹은 음식에 대한 경험을 온라인상에 올리는 것으로, 다른 손님에게 정보를 제공해줄 수 있다. 또 잠재고객을 유치할 수 있도록 도와준다. 이 과정에서 브랜드 인지도를 높일 수 있고, 가게 홍보 효과도 누릴 수 있다. 그래서 우리도 손님이 주문한 음식 사진과 해시태그, 간단한 리뷰를 SNS에 올리면 무료로 음료수를 드린다.

어느 날, 한 손님이 카운터로 다가와 인스타에 리뷰를 남겼다고 보여주었다. "여기 인스타에 리뷰 남겼는데요, 무료 음료수 말고 제가 주문한 음료수 값을 환불해주세요." "네?" 참으로 당혹스러웠다. 보통은 무료 음료수를 받아 가는데, 본인은 이미 음료수를 주문했으니 그 음료수 값을 빼달라고 한다. 조삼모사의 개념인가?

음식을 주문하고 리뷰를 썼다. 그리고 이에 대한 보상으로 음료수를 받았다.

음식과 음료수를 주문하였다. 리뷰를 썼다. 음료수는 받지 않을 테니 환불해달라?

뭐, 가게 입장에서는 이러나저러나 음료수를 주는 것은 마찬가지다. 그런데 불편한 마음이 드는 건 왜일까? 서비스에 담긴 선의가 퇴색해버린 느낌이 드는 건 왜일까?

그래도 오늘도 손님에게 감사한 마음을 잊지 말아야겠다.

오늘의
인생 레시피

호의를 당연하다 여기지 말자.

싱가포르 손님과
나눈 정情

　강남역 분식집 근처에는 성형외과가 많다. 그래서 성형수술이나 시술을 받고 오는 손님이 많다. 특히 외국인 손님이 많은데 나중에 알고 보니 근처에 유명한 글로벌 성형외과가 있기 때문이었다.

　싱가포르에서 온 그녀도 성형외과에 가기 위해 한국에 온 외국인 중 한 명이었다.

　작년 겨울, 키가 큰 한 외국인 여성이 얼굴에 붕대를 칭칭 감고 왔다. 동그란 모양으로 머리 위쪽부터 턱 끝까지 붕대가 숫자 0모양으로 둘러 있고, 코에는 네모난 지지대가 양옆과 위에 있다. 콧구멍은 솜으로 틀어 막혀 있고 핏자국도 보인다. 그런 그녀의 얼굴을 떠올려보면, 아마 나처럼 놀랄 수밖에 없을 거다. 얼굴에 시퍼런 멍자국과 검정색 사인펜 자국, 실밥이 보였고 붕대를 칭칭 맨 모습이 안쓰러웠다. 콧구멍을 막고 있는 솜에는 피가 뭉근하게 보였다. 그냥 보기만 해도 고통이 전해지는 것처럼 아파 보였다.

외국인 손님은 카운터로 와서 말했다. "익스큐즈 미⋯⋯." 햄과 고기가 들어가지 않은 김밥을 먹고 싶다고 했다. 그래서 나는 유부김밥을 추천했다. 그녀는 오케이! 하며 김밥을 작게 썰어달라고 했다. 응? 작게? 왜? 궁금해하는 표정을 짓고 있으니, 손가락으로 턱을 가리킨다. 턱에 붕대를 하고 있어서 입을 아~ 하고 크게 벌리기가 어렵단다. 아⋯⋯ 붕대가 얼굴 전체를 고정하고 있으니 아무래도 입을 벌리기가 힘든가 보다.

다음 날에도 외국인 그녀는 분식집에 방문했다. 어제 한 번 봐서 그런지 나에게 반갑게 인사를 했다. "하이~." 그리고 어제와 같은 김밥을 주문했다. 아! 얼굴이 어제보다 한결 가벼워진 모양새다. 얼굴을 고정하고 있던 붕대가 이제는 없다. 아직 코랑 눈에는 흔적이 남아 있지만 말이다. 가벼워진 붕대만큼이나 밝아진 얼굴로 칠리소스도 하나 달라고 말하며 김밥에 찍어 먹고 싶다고 한다. 그런데 이곳 분식집에는 김밥을 찍어 먹는 마요 디핑소스는 판매하지만 칠리소스는 따로 판매하지 않는다. 김밥에 칠리소스라…… 생각해보지 않은 조합인데, 언제 한번 기회가 되면 나도 칠리소스에 김밥을 찍어 먹어봐야겠다. 그래서 아쉽지만 손님에게 칠리소스는 따로 판매하지 않는다고 말했다.

그런데 말이다. 우리가 어떤 민족인가. 손님도 가족처럼 대하는 정情이란 문화가 있지 않은가. 타국에 와서 수술도 하고, 먹을 수 있는 음식도 별로 없을 텐데, 이 외국인 손님에게 칠리소스라는 익숙한 기쁨까지 빼앗아갈 수는 없지 않은가! 그래서 나는 주방에 따로 요청해서 칠리소스를 접시에 조금 담아 가져다주었다. 그녀는 이날의 음식과 서비스가 만족스러웠는지 그 다음 날에도 어김없이 분식집에 찾아와 유부김밥을 주문하였다. 그리고 나는 또 알아서 그녀에게 칠리소스도 조금 가져다주었다.

이제 그녀가 연속으로 찾아온 지 벌써 나흘째다. 이제는 붕대, 거즈가 모두 없는 얼굴이다. 붓기는 아직 남아 있고 실밥자국도 옅게 보이지만, 처음 보았을 때에 비하면 아주 가벼워진 모습이다. 그녀가 이번에는 카운터로 바로 다가와 나에게 말을 걸었다. 메뉴판 이미지를 손으로 가리키며 이것은 무엇이냐고 물었다. 들기름막국수, 메밀로 만든 'cold noodle(차가운 국

수)'로 들기름과 간장으로 양념한 것이라고 말했다. 그녀는 잠시 고민을 하더니 유부김밥과 들기름막국수 두 개를 주문하면 자기 혼자서 먹을 수 있겠냐고 물었다. 나도 순간 고민을 했다. 혼자서 먹을 수 있을까? 뭐 먹을 수야 있겠지만 두 개를 시키면 2인분이니 다 먹기엔 양이 많긴 많을 거다. 매출이냐 양심이냐 선택의 기로에 섰지만 나는 물론 양심을 선택했다. "아무래도 혼자 먹기에는 양이 너무 많아 남길 것 같아요"라고 말하니 아쉬워하는 표정을 짓는다.

결국 그녀는 유부김밥만 주문했다. 아쉬워하는 그녀를 그냥 두고만 볼 수 없어서 나는 "그럼 내일은 들기름막국수를 시켜 먹어보세요"라고 말했다. 그러면서 들기름막국수는 우리 분식집 베스트 메뉴 중 하나이고 외국인 손님들도 좋아한다고 말해주었다. 그러자 갑자기 그녀는 더 속상해하는 눈빛으로 나를 바라보며 내일 아침 일찍 싱가포르로 돌아간다고 말했다.

그녀의 말을 들으니 나도 아쉬운 마음이 들었다. 며칠 사이에 정이 들었나보다. 이게 한국인의 정이란 건가? 상대를 배려하고 돌보려는 마음, 유대감 같은 정서가 일상에서도 자연스럽게 드러나는데 그 방법 중 하나가 음식을 통해서인 것 같다. '한국인은 밥심'이라는 말처럼, 음식이라는 중요한 매개체로 우리는 정을 나눈다. 한국에 다녀갔던 외국인 열 중에 아홉은 한국은 참 정이 많은 나라라고 말한다. 시장에 갔더니 음식도 안 샀는데 맛 한번 보라며 시식하게 해주고, 혹여나 물건이라도 사면 덤이라면서 한 주먹씩 더 챙겨준 한국인을 종종 만났을 터이다. 식당에서 밑반찬을 무료로 제공한다는 사실에도 놀라워한다. 외국에서는 물 하나만 해도 별도의 요금을 지불해야 하기 때문이다. 한국은 물, 김치, 단무지, 장국⋯⋯ 이것들 다 무료다! 거기다 모자라면 리필도 가능하다! 그래서인지 강남역 분식집에 온 외국인 손님 중 몇 분은 나에게 조심스럽게 물어본다. 이거 진짜 먹어도 돼요? 프리예요? 하고 말이다. 물론이죠, 마음껏 가져다 드세요 하면 손님 얼굴에 미소가 지어진다. 작은 반찬 하나, 서비스 음식 하나, 어떻게 보면 가벼워 보이는 것들이지만 여기에 담겨 있는 마음은 결코 가볍지 않은 것 같다. 나와 싱가포르 손님 그녀도 김밥과 칠리소스를 통해 자연스럽게 정이 쌓이고 있었나보다. 칠리소스로 그렇게 며칠 동안 쌓았던 정을 이제 더 이상 나눌 수 없다고 생각하니 아쉬움이 더 커졌다.

아! 마침 주방에서 메밀면을 삶고 있는 것이 내 눈에 포착됐다. "저 잠시만요." 나는 주방식구에게 요청해서 손님을 위한 들기름막국수를 소량으로 따로 만들어 가져다주었다. "이거 서비스예요"라는 말에 그녀는 놀라면서 감동 받은 표정으로 "감사합니다, 감사합니다!"라며 한국어로 말했다. 그녀의 기뻐하는 모습을 보니 내 어깨가 절로 으쓱해졌다. 그리고 나도 덩달아 기뻤다. 그녀는 분식집 문을 나설 때도 뒤돌아서서 바라보며 "감사합니다"라고 말했다. 그리고 자기가 강남역 분식집에 대해 SNS에 리뷰를 남겼다며 휴대폰을 보여주었다.

나 혼자만 나눈 정은 아니었나보다. 내가 가져다준 들기름막국수가 그 외국인 손님에게 한국의 '정'을 느끼게 해준 것 같다. 오늘 하루 강남역 분식집을 찾은 수많은 손님 가운데 내가 제공한 칠리소스와 들기름막국수를 통해 그녀는 특별한 손님이 되었음을 느꼈던 것 같다.

지금은 그녀가 떠난 지 수개월이 지났다. 가끔 외국인 손님이 분식집에 와서 김밥을 주문하며 칠리소스를 좀 줄 수 없겠냐고 물어본다. 그녀의 리뷰 덕분에 외국인 손님들이 찾아오는 것인가? 그렇다면 참 고마운 일이다. 어찌 됐든 칠리소스를 찾는 손님들을 볼 때면 어김없이 그녀와 나눈 정이 떠오른다.

오늘의
인생 레시피

정情은 국경도 초월한다.

훑어보는
습관

훑어보다

1. 동사: 한쪽 끝에서 다른 끝까지 쭉 보다.

2. 동사: 위아래로 또는 처음부터 끝까지 빈틈없이 죽 눈여겨 보다.

나에게는 훑어보는 습관이 있다. 언제부터인지 모르겠지만 새로운 장소에 갈 때나 사람을 만날 때 한곳만 응시하지 않고 쭈욱 눈으로 훑어본다. 아무래도 이런 습관은 호기심이 많아서 생긴 것 같다. 훑어본다고 하면 사람을 위아래로 스캔하듯 본 다고 생각하기도 하는데 꼭 그런 것은 아니다. '나무 말고 숲을 보라'라는 말이 있잖은가. 그 말처럼 세부사항에 얽매이지 않고 더 큰 그림, 전체적인 관점으로 보는 것을 말한다. 그런데 "나…… 훑어보는 습관이 있어"라고 말하면 "너 변태야?" 하는 소리를 들을지도 모른다. 또 어떤 사람은 '싸우자는 건가?' 하는 생각과 불쾌한 감정도 들 수 있다. 실제로 뉴스에서 이와 관련된 기사가 여러 번 보도되었다. 처음 본 사람인데 자신을 훑어보는 시선이 기분 나빠서 주먹을 휘둘렀다고 한다. 알고 보니 상대는 사람을 훑어본 것이 아니라 밖에 있는 차가 멋있어서 쳐다봤다고 한다. 그런데도 패싸움까지 벌어지고 급기야 흉기까지 등장해 경찰이 출동해서야 사건이 마무리되었다고 한다.

나처럼 사람을 관찰하는 일이 습관인 사람도 있다. 더구나 식당에서 직원이나 사장이 손님을 훑어보는 경우는 비일비재이다. 나름의 여러 가지 이유가 있어서다.

식당은 단순히 음식만을 제공하는 장소가 아니라 일종의 비즈니스 공간이다. 그렇기 때문에 손님을 파악하는 일이 무엇보다 중요하다. 손님을 관찰하고 말투나 옷차림, 행동을 빠르게 파악해서 이 손님이 식당에서 오래 머물 것인지, 또 어떤 음식을 주문할 것인지에 대해 예측해야 한다. 다시 찾아올 손님인지에 대한 직관적인 판단도 중요하다. 나도 분식집에 손님이 들어오면 일단 몇 명이 들어오고 일행은 없는지, 들고 있는 짐은 무엇인지 먼저 살펴본다. 예를 들어 나이와 성별, 국적과 관계없이 캐리어를 끌고 왔다. 그럼 99퍼센트 성형외과에 수술하러 왔거나 이미 다녀간 손님이다. 수술하고 근처에서 숙박하기 위해 캐리어에 짐을 담아 온 것이다.

분식집에 혼자 오는 손님들이 있다. 경험상 이 경우는 두 가지로 분류할 수 있다. 우선 병원이나 근처에 약속이 있는 손님이다. 다음 일정이 있어서 식사만 하고 빨리 나간다. 이분들은 보통 김밥 한 줄이나 비교적 조리가 간단한 음식을 시켜 먹는다. 반대로 혼자만의 시간을 즐기러 오는 경우도 있다. 무선 이어폰을 착용하였거나 책, 노트북을 가지고 오는 분처럼 말이다. 이런 경우에는 창가나 구석자리에 앉는 걸 선호하고 식사를 하면서 스마트폰으로 유튜브를 보거나 업무를 보기도 한다. 세트메뉴나 김밥과 라면, 김밥과 우동 등 한두 가지 음식을 시키고, 식사시간이 비교적 긴 편이다.

훑어보는 습관은 불안에 의한 생존본능이라고 한다. 식당 직원이나 사장이 훑어보는 경우는 손님을 보고 위험신호를 감지하거나 어떤 행동을 할지 예측하기 위해서다. 문제가 생길 가능성이 있다면 사전에 차단해야 하기 때문이다. 손님들은 모두 다르고 어떤 손님은 예상치 못한 요구를 하거나 문제를 일으킬 수도 있다. 그러한 잠재적 상황을 대비해서 손님의 기분이나 태도, 말투를 재빨리 훑어봐야 한다. 이것이 불만이나 클레임으로 이어질 수 있기 때문이다.

실제로 이런 일이 있었다. 작년 겨울, 이른 아침이었다. 분식집이 문을 여는 열 시에 맞추어 한 젊은 남성이 들어왔다. 누가 봐도 술에 얼큰하게 취해 있고 몸에서도 술 냄새가 진동한다. 해장을 하려고 하는지 라면을 주문한다. 얼큰하고 뜨끈한 라면 국물을 먹고 몸도 녹이고 정신도 빨리 차렸으면 했다. 주문한 라면을 자리로 가져다주는데, 어머, 끔뻑끔뻑 졸고 있다. "손님…… 라면 나왔어요"라고 말하니 젓가락을 들고 먹는 둥 마는 둥 입에 넣는다. 그리고 또다시 끔뻑끔뻑거린다. 저러다 라면 그릇에 코라도 박으면 어쩌나 하고 생각한 찰나, 정말 얼굴이 그릇에 닿았다. 다행인지 어떤지 몰라도 그 후로 손님은 확실히 잠에서도, 술에서도 깬 것 같았다.

훑어보는 것을 부정적으로 여기는 사람도 있다. 그냥 나처럼 일종의 습관일 수도 있는데 말이다. 관심과 환영의 표시이며 상대를 관찰하는 방법 중 하나일 뿐이다.

또 상대의 외모나 행동을 분석하면서 말하자면 '사람에 대한 재발견'을 한다. 예를 들어 강남역 분식집에 오는 손님의 연령층은 비교적 젊은 편이다. 내가 보기에도 우와~ 모델인가? 연예인 지망생인가? 하고 감탄할 만한 외모의 사람들이 오기도 한다. 그럴 때는 내 눈이 좀 더 초롱초롱해진다. 저 헤어스타일이 요즘 유행하는 레이어드컷인가? 저 옷은 어디 브랜드지? 색깔이 예사롭지 않은 게 딱 내 스타일인데! 저 스마트폰 케이스는 어디서 산 걸까? 가방에 달려 있는 네잎클로버 인형이 너무 귀엽다! 이렇게 그냥 단순한 호기심과 관찰인 것이다.

  카운터에 서면 홀에 앉은 손님들이 다 보인다. 심지어 창문 밖으로 분식집을 지나가는 사람들도 보인다. 손님에게 음식을 다 내어주고 나면 나는 습관처럼 카운터 벽에 등을 기대고 홀을 쭈욱 훑어본다.
  오늘 있었던 일인데, 알바 친구가 나에게 "사장님은 참 신기하세요"라고 말했다. 아, 여기서 잠깐! 나는 분식집 직원인데 알바 친구는 그냥 사장님이라고 부른다. 의례적으로 하는 말이니 오해가 없기를. 아무튼 어느 때처럼 카운터에 서서 홀을 바라보고 있다가 한 손님과 눈이 마주쳤는데 손으로 무언가 잡는 행동을 한다. 나는 바로 "아…… 젓가락이요? 젓가락 여기 셀프바에 있어요"라고 말하니 손님은 바로 일어나서 셀프바로 이동한다. 이 모습을 본 알바 친구가 어떻게 그 몸짓이 무엇인지 이해하냐는 것이다. 자기는 봐도 모르겠던데 어떻게 손짓 하나로 무슨 말을 하는지 아느냐고, 신기하다고 말이다. 이것 은 아마 그간의 관찰 경험이 쌓여서 자연스럽게 습득된 것이 아닐까 싶다.

어떤 사람은 상대와의 관계 형성을 위해 상대를 훑어본다고 한다. '첫인상이 마지막 인상이다'라는 말처럼 내가 보는 상대 의 첫 모습이 그 사람에 대한 기억을 결정짓기 때문이다. 나 같 은 경우에도 분식집 근처에 있는 회사 사원증을 매고 있는 사 람이나 병원의 의사나 간호사 유니폼을 입고 있는 사람을 보면 아, 잠정적인 단골손님이구나, 이왕이면 좋은 이미지를 남겨 주자는 생각이 먼저 든다. 그래서 소소하게 서비스를 챙겨 드 리기도 하고, 재방문하면 "또 오셨어요?" 하며 반갑게 인사도 한다.

또 카운터에 서서 창밖을 보고 있으면, 분식집 안으로 들어올 까 말까 주저하는 사람이 보인다. 대부분의 경우는 안에 앉을 자리가 없을까 봐 주저하는 것이다. 나는 그런 모습도 포착하 고 또 행동한다. 손님을 향해 눈인사를 하며 들어오라고 손짓 을 한다. 종종 있는 이런 경우에 백이면 백 손님은 환하게 웃으 며 분식집 안으로 들어온다. 이것이 바로 상대가 필요한 것을 빠르게 찾아주는 센스인 것이다.

'지식은 책의 마지막 장에서 얻는 것이 아니라, 훑어보는 순간에도 충분히 얻을 수 있다'란 말이 있다. 훑어보기를 통해서도 중요한 정보를 얻을 수 있다는 것이다. 그렇다고 매섭게 쳐다보거나 무례하게 바라보면 안 된다.

식당에서 '저 직원은 왜 날 훑어보지?' 하고 느껴지는 경우가 있더라도 너무 부정적인 시선으로만 보지 않았으면 좋겠다. 당신에게 필요한 것을 주기 위한 관심의 표현일 수도 있기 때문이다. 그 안에 담겨진 따뜻한 시선을 느껴주었으면 좋겠다.

 오늘의
인생 레시피

내 기준으로 상대를 판단하지 말자.

경단녀가 사는 법

여전히 대한민국 사회에서는 여성이 가사를 책임지고 자녀를 양육하는 경향이 있다. 그래서 많은 여성이 결혼이나 출산 후 직장을 그만둔다. 나도 이 경우에 해당한다.

2012년 어느 무더운 여름날. 유독 이날 회사에서 좋은 일이 많이 생겼다. 내 실력과 그간의 노고를 인정받아 사장님으로부터 감사메일을 받았다. 옆 부서 팀장님도 고맙다며 테헤란로가 쭈욱 내려다보이는 근사한 식당에서 점심을 사주셨다. 그렇게 잔뜩 신이 난 기분으로 퇴근을 하는데, 문득 생리 예정일이 지난 것이 생각났다. 그래서 집으로 가는 길 약국에 들러 임신 테스트기를 구입했다. 두 줄이 생겼다. 임신이었다. 그렇게 나에게 쏭이, 지금의 아들이 찾아왔다.

임신 초기부터 유산기가 있고 양수가 적어서 회사를 휴직해야만 했다. 출산 후에 다시 회사에 복직할까 했는데, 아이를 돌봐줄 수 있는 사람을 찾기 어려웠다. 그리고 가뜩이나 몇 달을 빨리 세상에 나온데다가 2.2킬로그램의 저체중으로 태어난 아이를 그냥 집에 두고 나올 수가 없었다. 그래서 남편과 긴 논의 끝에 내가 회사를 그만두는 것으로 결정을 했다.

처음 아들과 단둘이 집에 있을 때는 하루하루가 새롭고 행복했다. 꼬물거리는 손가락과 발가락. 내 뱃속에서 나온 아이라고 생각하니 더 신기했다. 하지만 이것도 잠시, 해가 갈수록 아이도 커가고 나의 손길이 점점 덜 가게 되었다. 그러다 보니 상대적으로 시간적 여유가 생기기 시작했다.

이 시간에 무엇을 해야 할까? 주변 친구들을 보니 지금까지 회사에서 차곡차곡 커리어를 쌓고 대리, 과장이 되었다. 남편도 이제는 회사에서 어엿한 차장님이다. 그런데 나만 아무것도 변한 것이 없는 것 같았다. 마치 제자리걸음을 걷고 있는 것 같았다.

이때였던 것 같다. 내가 할 수 있는 일과 하고 싶은 일을 찾아 헤맸던 것이. 먼저 잡코리아를 찾아봤다. 하루 여덟 시간 종일 근무자를 모집하는 공고가 대부분이다. 이전에 어떤 회사, 얼마나 좋은 회사를 다녔는지는 상관이 없었다. 출산과 육아로 인해 내 경력에 공백이 생긴 것이다. 이전에 다녔던 회사로 내가 돌아갈 자리는 더 이상 없었다. 그동안에 시간이 많이 흘렀고 신입들이 이미 자리를 잡고 있을 텐데, 내가 비집고 들어갈 틈이 없다. 그렇다고 처음부터 다시 수순을 밟아가기엔 이미 내 나이는 40대다.

내 인생기의 황금기였던, 나름 잘나갔던 20대의 직장생활을 되돌아보았다.

카드키를 찍고 엘리베이터에 탄다. 내 자리로 가는 길에 샌드위치, 요플레 등 아침을 골라 먹을 수 있도록 먹을거리를 진열해 놓은 바구니가 보인다. 샌드위치 하나를 들고 자리로 간다. 사내 카페에서 저렴하게 커피를 사 먹을 수 있고, 자판기의 모든 음료수 가격은 200원이다. 아침을 깨우기 위해 카페인이 들어가 있는 음료 하나를 뽑는다. 내 책상 위에는 PC 한 대와 모니터 두 대, 그리고 노트북이 있고 오른쪽에는 전화기가 놓여 있다. 이곳이 바로 내가 근무를 하는 곳이다.

책상 위로 꽂힌 녹색의 커다란 이파리모양 캐노피가 나를 보호해주고 있는 것 같다. 초록 초록한 이 환경들이 나를 상쾌하게 해준다. 열 시 출근, 일곱 시 퇴근, 다른 회사보다 한 시간 출퇴근이 늦지만 난 이 시간이 맘에 든다. 아침에 은행이나 병원도 다녀올 수 있고 시간을 좀 더 알차게 쓸 수 있기 때문이다. 내 인생에서 제일 재밌게 보냈던 회사생활을 꼽으라면 바로 이곳이다.

직장동료들도 모두 하나같이 좋았다. 퇴근 후에 같이 볼링도 치러 다니고, 양양에 있는 회사 리조트에 1박2일로 놀러 가기도 했다. 이 공간, 이 사람들과 함께 일하고 있으면 시간 가는 줄 몰랐다. 각자 할 일을 열심히 했고, 힘들 때는 서로 용기를 북돋아주었으며, 함께 있어 시너지 효과가 났다. 덕분에 우리 팀은 우수조직상을, 나는 우수사원상을 받았다. 다시 생각해보라고 해도 개인의 역량을 최대한 발휘할 수 있게 해주면서 팀워크까지 좋았던 이 회사, 내 인생의 베스트 회사이다.

이직을 했다. 외국계 회사인 이곳으로의 첫 출근을 아직도 나는 잊을 수가 없다. 한국 맞나 싶을 정도로 직원들이 영어를 많이 사용하고 있었다. 대화를 할 때도, 회의를 할 때도, 메일을 쓸 때도 영어를 사용했다. 직원들에게 아침을 제공하고 동아리 활동을 지원하는 것은 이전 직장과 비슷했다. 다만 다른 점이 있다면, 이곳은 직급이 있어도 서로의 이름을 부르며 평등하고 개인적인 회사생활을 한다는 것이다. 같은 부서 팀원이어도 서로 다른 나라를 상대로 각각 다른 업무를 하고 있기 때문에 점심시간을 서로 맞추기 힘들었다. 퇴근시간도 재택근무도, 내가 할 일을 제대로 하기만 한다면 아무 문제없었다.

하지만 업무 평가에 관련해서 이보다 칼 같은 회사는 없는 것 같다. 처음에는 개인주의라는 문화적 차이가 느껴져 적응하기 힘들었는데, 시간이 지나고 나니 그만큼 합리적인 것도 없는 것 같다. 아! 그리고 회사의 규모에 따라 행사의 규모도 달라진다는 것을 이곳에서 깨달았다. 잠실 아이스링크에서 스케이트를 타며 회식을 하였고, 1년에 한 번 가족까지 함께하는 행사를 서울랜드에서 진행하였다. 이 회사를 다니며 퇴근 후에는 영어학원을 다녔다. 이때만큼 영어공부를 열심히 했던 적은 없었던 것 같다.

그런데 이제 내가 현실에서 갈 수 있는 곳은 이런 회사들이 아니다. 나의 실력과 능력에 대해 인정과 보상을 받는 곳에서 일하는 것이 아니라 지금껏 해보지 않았던 업무를 해야만 한다. 과연 내가 일을 다시 시작할 수 있을까 하는 의문이 든다. 출산과 육아로 보낸 시간들은 이력서에 빈 공

간으로 놔둘 수밖에 없었다. 사실 퇴사하고 지금까지 아무
것도 안 한 것은 아닌데……. 나름 전념을 다해 가정을 돌
보았는데 아무도 그 기간을 경력으로 인정해주지 않는다는
사실이 냉혹하게 느껴졌다. 이때에 생긴 이력서의 공란은
'경력단절' 기간이라는 공백기가 되었다.

경단녀가 갈 수 있는 기업은 흔치 않다. 20대와 같은 화
려한 직장생활? 꿈 깨라! 현실은 시간제 근무나 단순반복
업무, 비정규직 정도다. 카페, 편의점같이 아이들이 유치원
이나 학교에 간 시간에 할 수 있는 일들로, 소득이 낮고 경
력을 쌓기 어렵다. 그런데도 육체적, 정신적 노동의 강도는
센 편이다. 그래서 프리랜서로 일하는 경우가 많다. 글쓰기
나 번역, 디자인, 온라인 쇼핑몰 같은 일은 재택근무가 가
능하기 때문이다. 하지만 이러한 일들은 수입의 안정성이
보장되지 않는다는 것이 단점이다. 게다가 이런 일자리는
정규직과 비교했을 때 임금과 복지 수준이 낮아 일을 하면
서도 자존감은 더 낮아지는 느낌이 든다.

구인공고를 찾으면서도 내 의욕과 달리 할 수 있는 일들
은 아주 적은 것을 보고 또 한 번 좌절감에 빠진다. 어떻게

보면 이전 직장생활과 비교해서일 수도 있겠다. 경단녀가 할 수 있는 일들은 주로 시급을 준다. 최저시급. 2024년 기준으로 9,860원이다. 10년 전에 내가 회사에 다녔을 때와 비교해봐도 크게 못 미치는 수준이다. 농담반 진담반으로 남편에게 "당신은 회사에서 받는 월급을 시간당으로 계산하면 얼마야?" 하고 물어보았다. 그리고 남편의 대답을 듣고 나는 더 크게 좌절했다.

이런데도 일을 해야 하는 것이 맞나 싶다. 이제까지의 나를 모두 지워야만 할 수 있을 것 같다. 하지만 아이의 학원비를 위해서. 그리고 생활비에 보태기 위해서라면 이런 일도 마다하지 않고 해야 하는 것이 현실이다. 아무리 직업에 귀천이 없다지만, 내 마음은 아직 다 받아들이지 못하고 있나보다.

그래서 내가 어쩌다 분식집에 왔다고는 하지만, 냉혹하게 생각하면 어쩌다가 아니라 그게 현실일 수도 있겠다는 생각이 든다.

3장

분식집에서 인생을 배우다

스마트폰 시대

얼마 전 〈하이, 젝시(Hi, Alexi)〉라는 로맨스 코미디 영화를 보았다. 2019년에 개봉한 영화인데 너무 재미있어서 이후에 두어 번을 더 봤다. 스마트폰과 에이아이(AI)를 소재로 현대사회의 스마트폰 의존 문제를 유쾌하면서도 과장되게 표현해서 영화를 보는 내내 웃었다.

주인공 필은 대인관계가 서툴고 주변에 친구도 없이 일에 찌들어 산다. 그러다 젝시라는 인공지능 개인비서 기능이 탑재된 스마트폰을 구입하게 된다. 처음에 젝시는 필의 아침을 깨워주는 등 그의 생활을 도와주는 든든한 친구가 되어주었다. 하지만 점점 필의 삶에 깊숙이 개입하기 시작되면서, 연애사를 포함해서 그의 삶을 송두리째 조종하려고 한다. 제시의 과도해지는 간섭과 통제에 지친 필은 결국 스마트폰 의존에서 벗어나 사랑도 하고, 사람들과의 관계를 회복해가며 일상으로 돌아간다.

영화는 인공지능과 인간의 관계를 유머와 풍자로 보여주며, 스마트폰에 지나치게 의존하는 현대인의 모습을 인상 깊게 묘사한다. 그런데 사실 이런 모습들은 영화 속에서만 존재하는 것이 아니라 우리의 현실에서도 흔하게 볼 수 있다.

강남역 분식집만 해도 그렇다. 대부분의 손님이 자리에 앉아 음식을 주문하고, 먹고, 나갈 때까지 스마트폰과 함께한다. 각 자리마다 놓인 테이블오더 태블릿을 손가락으로 쓰윽. 손가락을 따라 시선도 쓰윽. 몇 번의 터치와 신용카드 또는 앱만 있으면 음식 주문부터 결제까지 다 끝난다. 이제는 음식이 나올 때까지 기다리기만 하면 되는데, 이때도 손님들은 스마트폰만 본다. 유튜브를 보는 손님, 웹툰을 보는 손님, 인터넷 기사를 읽는 손님, 게임을 하는 손님 등 하나같이 스마트폰 액정만 바라보고 있다. 사람들이 나란히 의자에 앉아 각자의 스마트폰만 보고 있는 장면을 상상해보라. 이 모습을 카운터에 서서 바라보고 있으면 신기하다 못해 기괴까지 하다.

한번은 이런 일이 있었다. 손님이 귀에 이어폰을 끼고 스마트폰으로 영화를 보느라 정신도 없고 소리도 못 들었던 것 같다. 손님이 주문한 음식을 쟁반 위에 올려 자리로 가지고 왔는데, 인기척을 못 느꼈는지 아무런 반응이 없다. "저기요⋯⋯." "손님⋯⋯." "저기요, 손님⋯⋯." 서너 번을 불러도 대답이 없다. 이 광경을 보지 못하겠는지 바로 옆에 있던 손님이 그 손님의 어깨를 툭툭 치며 말했다. "저기요, 여기 음식 나왔어요!" 하고 말이다.

평소에 나는 어떻게 지내고 있는지 되돌아보았다. 생각해보니 스마트폰과 함께하는 나의 일상도 앞서 말한 사람들과 별반 다르지 않다. 아침에 일어나 제일 먼저 하는 일은 스마트폰 위치를 찾아 기상알람을 끄는 것이다. 밤사이에 쌓인 메시지와 메일을 확인하고 침대에서 일어난다. 그리고 우리는 화장실도 함께 간다. 변기에 앉아 인터넷 뉴스의 헤드라인을 살펴보고, 웹툰도 본다, 하하. 이렇게 적다 보니 너무 리얼해서 현기증이 올 것만 같다.

이후에도 스마트폰은 껌딱지처럼 나를 졸졸 따라다닌다. 마치 씹던 껌을 잠시 쉴 때 떼어 두었다가 다시 씹고 다시 붙이고 하는 과정을 반복하는 것 같다. 우린 이런 관계다. 출근할 때도 버스가 어디쯤 오고 있는지 확인하기 위해 스마트폰을 켠다.

업무도 스마트폰을 사용하는 부분이 많다 보니 이제는 한시라도 손에서 떨어지면 일도 불가능할 정도다. 이렇게 스마트폰은 나의 삶을 감탄할 정도로 편하게 만들어준다. 그리고 내가 찾으면 언제든지 반짝이는 액정 불빛으로 나의 물음에 대답도 해준다. 전화를 걸지 않아도, 이메일을 쓰지 않아도 친구들과 실시간으로 SNS를 통해 이야기를 나눌 수 있게 해준다. 이제 스마트폰은 내 삶에 없어서는 안 되는 필수품이자 동반자가 되어 버렸다.

불과 10년 전만 해도 식사시간이 되면 식탁에 가족이 모두 앉아 도란도란 이야기를 나누며 밥을 먹었다. 그런데 요즘은 이곳 분식집뿐만 아니라 다른 식당에 가도 스마트폰 화면을 바라보며 밥을 먹는 사람을 쉽게 볼 수 있다. 그들은 자기가 먹고 있는 음식이 무엇인지, 무슨 맛인지, 어떤 재료가 들어가 있는지 알고 먹는 걸까? 그냥 밥 먹을 때가 돼서 허기를 채우기 위해 의무감으로 먹고 있는 것은 아닐까?

친구와 따로 연락하지 않아도 약속한 것처럼 운동장에 모여 피구를 하던 그때가 그립다. "세 시에 코끼리상가 입구에서 만나"하며 구두로 약속하고, 친구와 떡볶이와 튀김을 먹으며 시시콜콜한 대화로 소리를 내어 웃던 그 시절이 그립다. 버스가 언제 올까 정류장에 서서 발을 동동거리며 목이 빠져라 쳐다보던 그때가 또 그립다. 생각해보면 그때는 스마트폰이 없었지만 별 불편함을 못 느끼며 살았다. 나름 각자의 일상을 잘 보내며 살았는데, 왜 지금은 스마트폰 없이 단 하루도 못 살겠다고 말할 지경이 되었는지 모르겠다. 편리함에 의존하게 된 나머지 내 삶에 진정으로 무엇이 중요한지 잊고 있지는 않았는지. 스마트폰이 진짜 내 친구가 될 수 있을까? 스마트폰과 함께하는 행동들이 혹시 나를 사회적 고립이라는 웅덩이 속으로 들어가게 만들지 않을까 걱정된다. 하루 24시간 모두에게 공평하게 주어진 이 귀한 자원을 허무하게 쓰고 있는 것은 아닐까?

나처럼 과도한 스마트폰 사용에 경각심이 갖게 된 사람이 많아서인지, 요즘엔 '디지털 디톡스Digital Detox'가 하나의 트렌드로 자리 잡고 있다. 디지털 디톡스란 일정 기간 스마트폰, 컴퓨터, 태블릿 같은 디지털 기기의 사용을 의도적으로 줄이거나 완전히 중단하는 것을 말한다. 현대사회에서 디지털 기기는 생활의 필수 도구가 되었음에도 신체적, 정신적 건강에 부정적인 영향을 미칠 수도 있기 때문이다. 그래서 잠시 디지털 기기로부터 벗어나 본래의 삶으로 돌아가고자 하는 것이다.

강남역에도 이런 디지털 디톡스를 실천하고 있는 카페가 있다. 카페 입장과 동시에 손님은 스마트폰을 보관함에 넣어야 한다. 그리고 음료를 마시고 구비된 책을 읽으며 자신에게 집중할 수 있는 시간을 보낸다. 이곳에 다녀온 사람들의 후기를 보면 '디톡스 힐링하기 좋은 곳이에요', '온전히 나를 위한 시간을 보냈어요', '제가 이렇게 세 시간 동안 책을 읽다니, 집중력이 이리 좋은 줄 몰랐어요'라며 만족해한다.

하루에 한 시간. 나와 스마트폰에게 휴식을 주면 어떨까? 적어도 이곳 분식집에 온 손님들은 음식의 맛과 그에 들어간 정성을 온전히 느낄 수 있도록, 음식에 집중하는 시간을 가졌으면 좋겠다. 잘 먹고 몸과 마음이 모두 건강했으면 좋겠다.

오늘의
인생 레시피

스마트폰도 충전을 해야
꺼지지 않는 것처럼
사람도 충전할 수 있는 시간이 필요하다.

김밥의
누명

최근 '사라지는 김밥집'에 관한 뉴스 기사가 많이 나오고 있다. 한때는 주머니 사정 걱정 없이 든든하게 먹을 수 있는 한 끼로 김밥이 인기였는데, 요즘은 그 가격으로 사 먹을 수 있는 곳이 점점 사라지고 있다는 내용이다. 2020년까지만 해도 연평균 4퍼센트의 성장세를 보인 김밥집, 하지만 2022년에는 타 외식가맹점 수가 7퍼센트 넘게 늘어난 것에 비해 김밥집은 4.6퍼센트나 감소했다고 한다.

김밥집이 자꾸만 사라지는 이유는 뭘까? 먼저 재료비 문제가 있다. 김과 쌀, 각종 채소. 김밥에 들어가는 재료의 가격이 크게 오르면서 부담이 커진 것이다. 그리고 재료 준비, 설거지, 홀서빙, 주방장과 김밥을 마는 사람이 고정적으로 필요하기 때문에 인건비가 상승하면서 운영상 어려움이 커졌다. 또 한 가지 꼽자면 배달앱과 배달비. 손님이 배달앱을 이용하는 경우 중개수수료와 배달비 등 가게에서 부수적으로 부담해야 하는 비용이 크다.

이렇다 보니 간단하게 끼니를 때우는 음식으로 인식되었던 김밥의 가격도 인상되었다. 그래서 분식집에서 김밥을 먹는 대신 편의점이나 카페를 찾게 되는 것이다. 요즘에는 저렴한 냉동 김밥도 출시되었고 해외 진출에 성공하여 판매량도 점점 더 올라가고 있다고 한다. 이러니 김밥집이 자취를 감추는 건 어쩌면 당연한 일 아닌가 싶다.

딸랑, 문을 여는 소리와 함께 중년의 여성손님이 들어왔다. 오늘 강남역 분식집에 찾아 온 첫 손님이다. 손님은 가게를 한번 휘익 둘러보더니 곧장 내가 서 있는 카운터로 다가왔다.

"여기 김밥 뭐뭐 있어요?"

"네…… 햄야채김밥도 있고 묵은지참치김밥도 있고……" 하고 말하면서 김밥 종류를 한눈에 볼 수 있는 메뉴판을 보여드렸다.

"햄야채김밥 하나 주세요. 얼마예요?"

"네, 햄야채김밥 한 줄 5,300원입니다"

나는 경쾌한 목소리로 대답했다. 아싸! 오늘의 개시는 햄야채 김밥으로 하는 것인가? 입꼬리가 슬며시 올라갔다. 그런데 나의 반가운 반응과는 다르게 손님은 큰 소리로 말했다.

"여기 김밥이 왜 이렇게 비싸요!"

순간 당황했다. 이럴 때는 뭐라고 대답해야 하나? 순간 머릿속이 도화지처럼 하얗게 돼버렸다. 강남역 분식집 월세가 얼마인 줄 알고 이렇게 말씀하는 거지? 한 달에 수도료와 가스비가 얼만데……. 식재료 구입량과 금액은 또 어떻고……. 인건비까지 다 계산하면 비싼 가격이 아닌데 말이다.

손님은 갑자기 핸드폰을 꺼내 어디론가 전화한다.

"어디야? 나 지금 강남역인데, 김밥 한 줄 사려고 들어왔어. 그런데 무슨 김밥이 왜 이렇게 비싸?"

손님은 쌩하고 뒤돌아서 다시 문을 열고 나갔다.

'딸랑.'

문 닫히는 소리가 내 마음을 대변해주는 것 같아 이상한 기분이 들었다. 딸랑 소리 뒤에 이어지는 허무한 침묵 말이다.

손님 입장에서 한번 생각해보기로 했다. 20년 전만 해도 김밥 천국에서는 천 원짜리 김밥을 팔았고, 요즘 편의점에서도 김밥을 3천 원대면 사 먹을 수 있다. 평소에 이 손님이 사 먹는 김밥은 좀 더 저렴할 수 있겠다. 하지만 이곳의 김밥 가격도 나름 타당하게 정해진 건데, 아무리 입장 바꿔 생각해보려 해도 이런 말을 들으니 속상하긴 했다.

김밥에 들어가는 재료는 생각보다 간단하다? 대량생산이 가능하다? 이런 말들은 아주 오래전 이야기이다. 김밥에 들어가는 재료만 해도 김, 햄, 단무지, 양배추, 당근, 우엉, 치커리, 달걀지단이 기본이다. 재료마다 익히는 정도와 조리법이 달라 하나하나 준비해야 한다.

요즘은 김밥 마는 기계가 있어서 사람을 대신하기도 하는데, 이곳 분식집에서는 무엇보다 정성을 강조하여 직접 마는 것을 고수하고 있다. 그리고 김밥은 재료만 있으면 바로 말기만 하면 된다는 생각에 조리법이 간편하다고 생각하기 쉽다. 하지만 재료 준비 과정에 썰기, 익히기, 짜기, 양념하기, 볶기, 데치기 등의 조리가 필요하다. 눈에 보이는 것만 보고 있으니 이전의 과정들은 다 생략된 것으로 생각하기 쉽다. 사실은 그렇지 않은데 말이다.

어렸을 적, 엄마는 주말 아침이 되면 김밥을 말아주셨다. 엄마, 아빠, 나, 여동생, 남동생 둘 이렇게 여섯 명, 대식구이다 보니 김밥을 한번 말기 위해선 다량의 재료와 손질이 필요했다. 나는 맛살과 달걀지단을 담당했다. 맛살의 비닐을 벗겨서 한곳에 모아두고 계란을 풀어 지단을 부쳤다. 그사이 엄마는 시금치를 삶고, 햄을 굽고, 단무지의 물기를 빼서 준비해 두었다. 아빠는 일반 김밥 김보다 구운 김을 좋아해서 김도 프라이팬에 한 번 더 구웠다. 지금 떠올려보니 집에서 김밥 마는 일도 쉬운 일은 아니었다. 가족에게 맛있는 김밥을 먹이고 싶은 엄마의 정성이 없었다면 아마 엄두도 못 냈을 것이다.

엄마는 햄과 단무지, 야채가 들어간 김밥과 내가 특히 좋아했던 김치김밥, 이렇게 두 종류를 말아주셨다. 잘게 썬 김치에 참기름과 깨소금 등으로 양념을 하고 김밥에 깻잎과 양념한 김치, 그리고 햄과 단무지, 각종 채소를 넣어 만들었다. 새콤한 김치와 깻잎향이 입맛을 돋우어 김밥 한 줄이 뭐야 두 줄, 세 줄도 거뜬히 먹었다.

아빠와 나는 한입 크기로 썬 김밥보다 통으로 먹는 김밥을 더 좋아했다. 그래서 내 손보다 더 크고 긴~ 김밥을 떨어질세라 손으로 꽉 잡고 한 입씩 베어 먹었다. 엄마의 손이 워낙 크다 보니 김밥을 만들면 하루 세끼는 기본, 어떨 때는 이틀 삼시 세끼 내내 김밥만 먹을 때도 있었다. 그래도 엄마의 김밥은 질리기보단 추억의 맛이 되었다.

한 잔에 4천 원, 5천 원 하는 커피도 있는데, 왜 5천 원 하는 김밥은 비싸다고 하는 걸까? 어쩌면 김밥 가격만을 두고 말하는 것이 아닐 수 있다. 김밥이 가지고 있는 우리 문화의 상징적 의미가 변하고 있기 때문 아닐까? 김밥은 누구나 손쉽게 접할 수 있고 저렴한 음식으로 여겨져 왔는데, 가격이 오르면서 가족이나 친구들과 함께 나누어 먹던 소소한 행복을 더 이상 누리지 못할 수도 있다고 느꼈을 거다. 그래서 상실감을 느꼈을 것이다. 나아가 김밥이 더 이상 패스트푸드처럼 빠르고 간편하게 먹는 음식이 아니라, 이제는 지갑 사정도 고려해야 하는 음식이라 느껴져 부담된 것은 아닐까? 그래서 가격이 오르니 저항감을 가졌을 것 같다.

조선 후기 『동국세시기』에 정월대보름이면 채소나 김으로 밥을 싸 먹는 풍습이 나오며 이를 '복쌈'이라 부른다고 했다. 알고 보니 김밥은 '복福'을 싼 쌈으로 전통이 있는 음식이었던 것이다. 탄수화물, 식이섬유, 단백질 등 다양한 식재료가 포함되어 있어 영양소를 고루 섭취할 수 있는 균형 잡힌 음식. 우리는 예전부터 김밥을 먹으면서 복福도 받고 있었던 것이다.

전통이 있는, 누군가에게는 꽉 찬 한 끼 식사가 되고 또 누군가에게는 추억이 담긴 김밥. 이런 한국의 소울푸드 김밥이 가격이 비싸다는 누명으로 사라지지 않았으면 좋겠다.

오늘의
인생 레시피

잘 말아줘 잘 눌러줘 ♪

밥알이 김에 달라붙는 것처럼

너에게 붙어 있을래

(중략)

세상이 변하니까 김밥도 변해

- 더 자두의 〈김밥〉 중에서

바구니로 맺어진
인연

'옷깃만 스쳐도 인연'이라는 말이 있다. 우연히 만난 사람도, 아주 사소한 만남이라도 모두 인연이라는 뜻이다. 불교에서는 사람과 사람이 만나는 것은 전생이나 인연에 의해 결정된다고 한다. 잠깐 마주치는 순간조차도 과거로부터 이어진 깊은 관계라고 한다. 그런데 나는 바구니에 꽃을 파는 그녀와 서로 다른 날, 서로 다른 장소에서 그것도 우연히 두 번이나 만났다. 우린 어떠한 인연이 있어서 이렇게 만난 걸까?

올여름이었다. 경복궁역 근처 발달장애아동 생활시설 '라파엘의 집'에서 봉사활동을 했다. 아이들을 휠체어에 태우고 경복궁과 광화문 광장을 산책했다. 폭염주의보에 육박한 더운 날씨였지만 아이들과 함께한 나들이는 바닥분수에서 튀어나오는 물방울보다 더 시원했다. 아이들과 두 시간가량 산책 후 점심으로 돈가스를 먹으며 봉사활동 일정을 마쳤다. 그리고 함께했던 분들과 간단한 뒤풀이를 하러 치킨집에 갔다.

 30대 후반, 40대 초반으로 보이는 여성이 식당으로 들어왔다. 그녀는 꽃화분이 여러 개 들어 있는 커다란 바구니를 들고 있었다. 그리고 손님들이 앉아 있는 테이블마다 다가가서 "제가 꽃집을 차리는 게 꿈이에요. 그래서 자금을 모으기 위해 이렇게 돌아다니면서 화분을 팔고 있어요. 화분 하나만 사주세요"라고 말했다. 응? 뭐지? 껌이나 빵 같은 간식을 들고 다니며 파는 사람을 보긴 했지만 이렇게 꽃화분을 들고 다니는 사람은 처음이었다. 그녀는 어느새 내가 앉아 있는 테이블로 다가왔다. "저기요, 화분 하나 사주세요." 크고 당찬 목소리였지만 그 속에는 거절을 예상하는 듯한 떨림이 느껴졌다. 나는 잠시 망설였지만, 집까지 가는 길이 멀어 화분을 들고 가기엔 무리였다. 그녀의 표정을 보니 거절하기 어려웠지만 어쩔 수 없었다. "죄송합니다"라고 말했다. 그녀는 아쉬워하며 다른 테이블로 갔고 다시 사람들에게 같은 내용으로 말하기 시작했다. 그녀는 정말 꽃집을 차리기 위해서 화분을 파는 것일까? 화분을 판매하려는 일종의 레퍼토리가 아닐까? 궁금한 것이 많았지만 물어볼 수도 없었다. 그녀는 결국 화분을 하나도 못 팔고 식당 문을 나섰다.

 이번 가을, 잊고 있던 그녀. 화분을 들고 다녔던 그녀가 이곳 강남역 분식집에 들어왔다. 그때와 같이 화분이 든 큰 바구니를 들고 있었고, 그때와 같은 말을 했다. "저는 꽃집을 차리기 위해 화분을 팔고 있어요. 화분 하나만 사주세요." 경복궁역 근처 식당에서 봤던 그녀를 강남역 분식집에서 또 보다니. 이런 우연이 또 있을까? 물론 그녀는 나를 기억하지 못하겠지만, 나는 내심 그녀가 반가웠고 또 신기했다.

 한 번도 아니고 두 번이나 만나다니. 같은 장소도 아니고 한 번은 경복궁 근처에서 또 한 번은 이곳 분식점에서 말이다. 우린 전생에 무슨 인연이었을까? 만약 그녀와 치킨집에서의 만남으로 인연이 그쳤다면, 나는 그녀를 그냥 화분을 파는 사람으로 여겼을지 모른다. 하지만 두 번째 만남으로 그녀에 대한 생각이 달라졌다. 그녀가 바구니에 화분을 들고 다니며 열정적으로 판매하는 모습이 내 마음속 꺼져가는 불씨를 다시 지펴주었다. 정말 꽃집을 차리기 위해 지역을 가리지 않고 돌아다니고 있는 것 같다. 사람들이 가득한 식당에 들어와 "화분 사주세요"라고 말하기가 어색할 텐데, 거절도 많이 당했을 텐데 그 용기가 참 대단하다. 꿈을 이루고자 하는 그녀의 마음이 아름답다. 그녀는 내가 잊고 있던 감정을 상기시켜 주려고 다시 나타난 걸까?

그녀처럼 내가 열정을 가졌을 때는 언제였을까? 음…… 생각해보니 작년 겨울, 분식집이 오픈한 지 얼마 안 되었을 때다. 호기심에 들어오는 손님들이 있어 이른바 오픈빨을 받았다. 하지만 오픈빨은 잠시뿐이다. 매출은 들락날락했고, 이를 고정적인 매출로 이어가기 위해서는 유지고객이 필요했다. 그리고 분식집에 일단 들어와 음식을 먹게 만들 계기가 필요했다. 때마침 새로운 김밥도 출시가 되었다. 이것이 바로 기회다! 나는 신메뉴로 나온 김밥과 분식집을 홍보하기 위해 '찾아가는 서비스'를 했다. 찾아가는 서비스란 근처 사무실과 병원에 직접 찾아가 가게 홍보도 하고, 전단지와 시식할 수 있는 김밥을 나눠 주는 것이다. 보통 한 번 갈 때마다 핑크색 각진 바구니에 김밥을 20줄씩 넣어 갔다. 처음에는 같은 빌딩에 있는 사무실과 병원을 찾아갔다. 엘리베이터를 타고 몇 층 올라가지도 않았는데 심장은 에베레스트산 꼭대기에 올라간 것처럼 쿵쾅거렸다. 뭐라고 말을 해야 하지? 어떻게 인사를 해야 할까? 나가라고 하면 어쩌지? 머릿속은 심박박동만큼이나 복잡했다. 그렇게 처음으로 찾아간 곳은 치과였다.

땡 하고 엘리베이터 문이 열린다. 일단 내려서 주변을 조심스럽게 살피고 문 안으로 용기 있게 들어갔다. "예약하셨나요? 성함이?"라는 물음에 나는 김밥과 전단지를 내밀며 "안녕하세요. 1층에 새로 오픈한 강남역 분식집입니다. 저희가 이번에 신메뉴가 나왔어요. 맛있게 드시고 다음번에 분식집으로 꼭 한번 들러주세요"라고 말했다. 그때의 내 모습을 지금 떠올려보자니 부끄러운 마음이 들고 손발이 오글거린다. 무슨 용기였을까. 다시 해보라고 한다면 이젠 못할 것 같다. 아마 이때가 바구니에 화분을 들고 다니며 파는 그녀만큼이나 내가 가장 열정적인 마음을 가졌던 것 같다. 망설임도 없었고, 거절당하는 것이 부끄럽기보다는 새로 나온 김밥과 분식집을 잘 홍보하고 싶은 마음이 간절했다. 이제와 다행인 것은 무턱대고 들고 간 김밥 바구니로 인해 생긴 인연이 제법 된다는 것이다. 매달 선결제를 하러 오는 피부과, 치과, 회사 손님들도 생겼고, 같은 건물 내 단골손님도 이제는 제법 많이 생겼다.

옷깃만 스쳐도 인연이라지만, 결국 인연은 만들어가는 것이라고 한다. 이미 정해진 사람과 만나는 것이 아니라 나의 선택과 노력에 의해 인연은 만들어진다. 바구니에 화분을 들고 다녔던 그녀와 김밥을 들고 다녔던 나의 열정처럼 말이다. 그냥 스쳐가는 사람이 될 수도 있지만, 나와 그녀는 거기서 그치지 않고 인연을 이어가기 위해 직접 찾아 나선 것이다.

지금까지 강남역 분식집에 다녀간 손님들과 나도 그냥 단순한 인연은 아닐 것이다. 그리고 내가 직접 만나러 간 손님들과 바구니에 든 화분을 팔던 그녀도 결코 스쳐가는 인연은 아닐 것이다. 비록 지금은 찾아가는 서비스를 하지는 않지만 그때 내가 가졌던 마음은 아직도 손님들에게 전하고 있다. 분식집으로 인해 맺어진 손님과의 인연이 아름다운 기억이 되길 바라면서 말이다.

 오늘의
인생 레시피

인연은 만들어가는 것이다.

1달러,
처음 받은 팁

미국은 팁 문화가 발달한 나라이다. 식당, 호텔, 택시 등 서비스업에서 일반적으로 팁을 주고받는다. 특히 식당에서 팁을 주고받는 것은 종업원에게 매우 중요하다. 관례상 대부분 식사 금액의 15~20퍼센트를 팁으로 지불하는데, 서비스업 종사자들의 기본 급여가 낮아 팁을 통해 수입을 보충해야 하기 때문이다. 말하자면 이 팁은 단순한 감사 표시가 아니라 근로자의 생계를 유지하는 수단이기도 하다.

반면에 한국은 서비스 비용도 함께 지불한다고 생각하기에 별도의 팁을 주지 않는다. 친절한 서비스는 당연하고, 좋은 평가나 신뢰 얻는 것을 더 중요하게 여긴다. 팁보다는 친절한 말이나 감사인사가 더 큰 의미를 가진다고 생각한다. 이렇게 팁에 대한 나라별 문화 차이가 있어 해외여행을 갈 때 미묘한 신경전이 생기기도 한다. 패키지로 해외여행을 갈 경우에 여행비 외에 불포함 비용으로 가이드와 기사 팁, 기타 매너 팁이 명시되어 있다. 한국에서는 팁 문화가 없다 보니 여행상품 비용 외에 별도의 팁을 왜 내야 하는지 의문을 가지기도 하고, 이걸로 논쟁이 일어나기도 한다.

이곳 분식집에는 유독 외국인이 많이 온다. 미국, 캐나다, 싱가포르, 중국, 일본, 태국, 인도 등 다양한 국적의 사람들이 매일 방문한다. 한국에 여행 오면 꼭 가봐야 할 명소가 강남역이어서 그런가 보다. 그리고 한국에 가면 꼭 먹어봐야 하는 음식인 '떡볶이', '김밥', '라면'을 모두 분식집에서 팔기 때문인 것 같다. 한번은 너무 궁금해서 외국인들이 분식집에서 주문한 메뉴를 분석해보았다. 예상대로 떡볶이와 라면, 그리고 김밥, 그중에서 불고기김밥이 단연 베스트다.

몇 달 전, 미국에서 여행 온 듯한 여성손님이 양손 가득 쇼핑백을 들고 강남역 분식집에 왔다. 음식을 주문하기 전에 궁금한 게 있었는지 카운터로 다가왔다. 나는 짧은 인사말과 함께

영문으로 된 메뉴판을 그녀에게 보여주었다. 한참을 살펴보더니 어떤 김밥이 제일 많이 팔리는지, 떡볶이는 얼마나 많이 매운지 물어보았다. 그래서 나는 김밥 중에서는 묵은지가 들어 있는 것이 판매량이 제일 높지만, 외국인은 불고기김밥도 많이 먹는다고 말했다. 참고로 떡볶이는 라면 정도의 맵기라고도 말해주었다. 그녀는 현금으로 불고기김밥과 떡볶이를 주문했고, 나는 자리에 앉아 있으면 음식을 가져다주겠다고 말했다. 셀프바 이용법에 대해서도 설명해주었다. 주문한 음식이 이내 주방에서 나왔고, 나는 손님 자리로 가져다주었다. 그리고 카운터로 돌아와 그녀의 반응을 살펴보았다.

떡볶이가 너무 매워서 못 먹지는 않을까, 김밥이 입맛에 맞을까, 추천해준 음식이 맘에 들지 않으면 어쩌지 궁금해 하며 그녀를 바라보았다. 다행이다. 그녀는 물을 여러 번 마시기는 했지만 음식을 하나도 남기지 않고 맛있게 먹었다. 그런데 그녀가 또 다시 카운터로 다가왔다. 응? 뭐지? 포장이라도 하려나 싶었는데 지갑에서 지폐 한 장을 꺼낸다. 1달러다. "감사합니다"라고 말하며 나에게 1달러를 주는 것이다. 나는 괜찮다고 안 받겠다고 말했지만, 그녀는 "감사합니다"라고 거듭 말하며 카운터에 1달러를 올려두고 나갔다.

내가 분식집에서 받은 첫 번째 팁이다. 예상하지 못했던 팁을 받아서 그런지 기분이 얼떨떨했다. 그냥 평소처럼 할 일을 했을 뿐인데, 이걸 내가 받아도 되나 싶었다. 40년 인생 처음 받아보는 팁이라서 그런지 기쁘면서도 놀라기도 했다. 손님에게 감사한 마음도 들었다. 아마 내가 그녀에게 한 행동이 만족스러워 그에 대한 대가로 팁을 주었을 것이다. "감사합니다", "안녕히 계세요", "잘 먹었습니다"라는 말은 들어봤지만, 나의 노력을 인정받고 거기다 금전적인 보상을 받으니 한편으론 자부심도 생겼다. '큰 기대를 품지 않는 사람은 더 큰 행복을 누릴 것이다'라는 말처럼 아무런 기대를 하지 않았는데 손님의 팁을 받으니 그날의 행복감은 더 컸던 것 같다.

팁으로 받은 1달러를 어떻게 할까 고민을 하다가 순간 좋은 아이디어가 떠올랐다. 단무지, 김치가 있는 셀프바에 '잔반을 남기지 마세요', '먹을 만큼 가져가세요' 문구를 붙인 환경부담금통이 있다. 투명한 아크릴 통인데, 손님이 추가적으로 담아간 반찬을 남길 경우에 환경부담금 명목으로 돈을 자율적으로 넣는 통이다. 나는 이 팁을 통에 집어넣었다. 나에게 큰 의미 있는 이 팁을 개인적으로 쓰기보다는 의미 있는 곳에 사용하고 싶어서였다. 마침 환경부담금 통에 담긴 돈을 모아 사회봉사단체에 기부할 계획이었다. 1달러를 받은 이후에도 천 원, 100엔 등 손님에게 팁을 받았는데 그때마다 나는 환경부담금 통에 돈을 집어넣었다. 그리고 이제는 돈이 제법 모였다.

며칠 전, 한 안무가가 미국의 팁 문화에 대한 솔직한 심정을 발언해서 큰 관심을 모았다. 미국 숙소에 도착해서 쉬려고 누우려는 찰라, 짐을 가지러 온 숙소 직원이 등장했다. 팁을 주어야 하는데 현금이 없어 난감한 상황이 생겼다. 결국 짐을 가지러 온 직원에게 인사를 건네고 이름을 따로 물어본 후 나중에 따로 챙겨주었다고 한다. 이에 "눈치를 봐야 된다. 이렇게 미국에서 살고 싶진 않다"라고 말하며 "정말 친절하고 감사한데 그 친절이 다 돈처럼 느껴진다"라고 말했다.

나도 그의 발언에 어느 정도 이해가 된다. 한국에는 팁 문화가 없다 보니 그들의 친절이 팁의 대가로 느껴질 수 있다. 우스운 얘기일 수도 있는데, 미국의 한 레스토랑에서 손님이 키오스크로 주문하는데도 팁을 요구하는 안내 메시지가 떠서 황당하다는 이야기도 들었다. 팁이란 것이 일종의 문화로서 좋은 서비스에 대한 감사와 보상인데, 그저 주문만 받는 기계에게 팁을 줄 이유가 있냐며 말이다.

팁 문화에서 팁은 서비스에 대한 감사와 존중의 표현으로 여겨진다. 이와 달리, 팁 문화가 발달하지 않은 나라에서 팁은 오히려 당황하게 하고 오해를 불러일으킬 수 있다. 이렇듯 팁 문화의 차이에도 불구하고 한 가지는 분명하다. 팁이란 자신이 받은 서비스에 대해 감사하는 마음을 표현한 것이란 사실이다.

우리나라에 팁 문화가 없다고는 해도 상대방의 노력에 대한 존중의 마음까지 애써 외면하지는 않았으면 좋겠다.

오늘의
인생 레시피

사람의 마음을 움직이는 건
돈도 권력도 아닌 진심.

성형미인은
옛말

강남역 분식집에는 유독 성형외과에 다녀온 손님이 많이 온다. 최신 트렌드를 선도하는 지역답게 분식집 주변에 성형외과, 피부과 등 미용 관련 병원이 많이 있기 때문이다. 근처 빌딩에 입점해 있는 병원만 해도 한 건물에 서너 개의 성형외과와 피부과 의원이 같이 있다. 외국인이 우리나라에 성형수술과 미용시술을 받기 위해 많이 온다는데, 의료 관광객이 주 고객인 글로벌 성형외과가 주로 강남에 있는 것이 한몫했을 것이다.

실제로 이곳 분식집이 있는 빌딩에는 유명한 글로벌 성형외과가 있다. 호기심을 참지 못하는 성격인 나는 손님인 척하고 슬쩍 성형외과에 들어가 봤다. 와! 이곳이 병원인가 공항인가? 들어가자마자 눈앞에 보인 것은 '세금 환급TAX REFUND' 기계였다. 면세점에서 텍스리펀 기계를 보긴 했지만 성형외과에 있다는 사실에 깜짝 놀랐다. 나중에 인터넷에서 찾아보니, 성형수술 중에서도 미용 목적으로 시행되는 수술은 대부분 부가가치세가 포함되어 있어 환급 대상이 된다고 한다. 쌍꺼풀 수술, 코 성형, 지방흡입도 다 대상이라고 한다. 그래서 의료관광을 하러 성형수술의 메카인 강남으로 오는 것 같다.

입구 오른쪽에는 공항에 있는 항공사 창구처럼 생긴 곳이 있다. 공항에 가보면 비행기 티케팅하는 곳, 수화물을 맡기는 곳이 있지 않은가? 딱 그것처럼 생겼다. 일본, 미국, 베트남, 중국 등 나라별로 접수 창구가 있고 그곳마다 외국인 직원이 서 있다. 창구에는 각 나라의 언어로 안내문이 쓰여 있다. 내가 만약 외국인인데 한국에 이런 성형외과가 있다면 별 고민 없이 바로 이곳으로 왔을 것 같다. 한국어를 몰라도 말이 다 통하고, 성형수술의 메카인 한국 강남에서 예뻐질 수 있고, 텍스리펀까지 한 번에 받을 수 있으니 '꿩 먹고 알 먹고'다.

가족들과 지난 추석명절 연휴기간에 4박5일로 몽골 패키지

여행을 다녀왔다. 그때 만난 가이드가 자기를 소개하면서 중국 베이징에서 손님을 모시고 강남에 성형수술을 하러 오는 일도 한다고 했다. 그러면서 수많은 중국인이 한국으로 성형수술을 하러 온다는 것이다. 온 김에 하나 하고 가는 김에 한 군데 더 손본다고 하던데 그 말이 사실이었다.

성형외과를 다녀온 손님을 처음 봤을 때는 많이 놀랐다. 붓기가 아직 빠지지 않은 벌건 얼굴과 군데군데 시퍼런 멍, 부풀어 올라온 눈꺼풀과 선명한 쌍꺼풀 선. 콧구멍을 막고 있는 거즈에는 아직 피가 묻어 있었고, 얼굴에 둘둘 말려 있는 붕대는 가히 충격적이었다. 만약 이 근처에 대학병원이나 응급실이 있었다면 이 손님을 보고 아마 사고가 나서 다친 사람이라고 생각했을 거다.

그뿐만이 아니다. 레이저시술을 받은 건지 고주파시술을 받았는지 피부가 울긋불긋하다. 그리고 돈가스를 만들 때 고기를 연하게 만들기 위해 두드리는 네모난 망치 있지 않은가? 그 망치로 얼굴을 두드린 것처럼 동그란 모양, 네모난 모양이 피부 위에 올록볼록 새겨져 있다. 그냥 보기만 해도 내가 다 아플 정도다. 선글라스를 쓰거나 마스크로 얼굴 전체를 가린 채 붕대와 거즈를 붙인 손님이 들어오면 나뿐만 아니라 분식집 안에 있는 손님들도 힐끗힐끗 쳐다본다. 아파 보이는 모습에 연민을 느끼는 건지 호기심인지……, 그들의 시선을 누구도 피할 수 없다.

　수능을 마치고 졸업을 앞둔 겨울방학, 나는 대학교 입학식을 앞두고 있었다. 드디어 수능이 끝났다는 해방감에 들떠 한껏 꾸미고 친구들과 만나기로 한 날이었다. 친구와 서현역 시계탑이 있는 백화점 광장에서 만나기로 해서 신나게 룰루랄라 걸어가고 있었다. 그런데 처음 보는 사람이 나에게 인사를 한다. "진선아 안녕? 잘 지냈어?" 누구지? 나는 모르는 사람인 것 같은데 저 사람은 어떻게 나를 알고 있을까 하고 흠칫 놀랐다. 그 모습을 눈치 챘는지 "진선아, 나야~"라고 말한다. 아! 너? 같은 반, 같은 분단에도 앉았고 뒷자리에도 앉던 친구다. 유심히 살펴보니 누군지 알아볼 수 있었다. 나는 멋쩍게 인사하고, "졸업식 날 보자" 하고 다시 약속장소로 갔다.

　나는 왜 그 친구를 못 알아봤을까? 뭐가 달라진 걸까? 음…… 차분히 생각해보니, 일단 안경을 벗고 렌즈를 꼈다. 없었던 쌍꺼풀도 진하게 생겼다. 여드름이 있던 울긋불긋한 피부가 뽀얘졌다. 그리고 이건 추측인데 코도 뭔가 좀 달라진 것 같았다. 고작 이 정도의 변화인데도 누군지 못 알아볼 정도로 친구는 달라졌던 것이다. 거기다 자신감이 더해진 걸까? 평소 조용했던 성격도 바뀐 것 같았다. 고등학교 졸업식 날, 친구는 더 예뻐진 모습으로 교실에 나타나 다른 친구들도 놀라게 했다. "와~ 너 많이 예뻐졌다"라고만 말할 뿐 달라진 이유에 대해서는 아무도 말하지 않았다.

당시만 해도 성형수술 했다고 스스로 밝히기가 힘들었다. 〈내 아이디는 강남미인〉이라는 드라마가 있다. 우리 사회의 외모지상주의를 비판하는 내용이다. 드라마를 보면, 성형수술을 했다는 이유만으로 차별을 받고, 외모가 곧 그 사람의 가치를 결정짓는다.

주인공도 처음에는 성형수술로 아름다움을 얻었음에도 여전히 외모에 집착하고 자신감을 찾지 못하는 모습을 보여준다. 하지만 나중에는 있는 그대로의 자신을 사랑하는 방법을 찾는다. 여기서 '강남미인'이라는 단어는 성형수술로 얻게 된 미모를 비꼬는 표현이다. 이처럼 사회적으로 성형수술을 한 얼굴은 자연스럽지 못하고 인위적이라는, 부정적 편견이 있었다. 그래서 다른 사람의 평가가 부담스러워 성형수술을 밝히기 어려웠다. 연예인이 쌍꺼풀 수술을 하거나 코를 높이면 죄인처럼 구설수에 시달리곤 했던 때다.

지금은 그때와 다르다. 얼굴에 거즈와 붕대를 하고 부은 얼굴로 분식집에 오는 것만 봐도 그렇다. 성형수술이 뭐 어때서, 응! 나 성형수술 했어! 당당하게 말할 수 있을 정도로 사회적으로 인식이 변했다.

성형수술은 외모와 삶을 긍정적으로 바꿔주고, 자존감을 높여주기도 한다. 과거에는 성형수술 한 사실을 숨기는 게 일반적이었지만, 지금은 외모 관리의 일환으로 여기고 당당하게 인정하고, 또 솔직하게 드러낸다. 그리고 그 사실을 공개함으로써 같은 고민을 가진 사람들과 공감대를 형성하고, 자신의 경험을 공유하여 사회적 지지도 얻는다. 이제 성형수술은 나의 정체성을 표현하는 방법 중 하나가 되었다.

예쁘고 잘생긴 사람을 보면 나도 '우와~ 멋지다'고 생각하지 '어디 수술했나?' '견적이 얼마나 나왔을까?' 하지 않는다. 20년 전의 나였다면 '어디어디 했네?' '어쩐지 예쁘더라' 하고 속으로 생각했을지도 모른다.

그런데 지금은 연예인 지망생인가? 진짜 예쁘다 하고 감탄하기 바쁘다. 이참에 나도 용기 내어 고백해봐야겠다. 나는 성형수술을 하지 않았다! 하지만 앞트임을 해서 눈도 좀 커졌으면 좋겠고, 코도 더 높아졌으면 좋겠다. 그런데 비용도 문제지만 아직까지는 수술 과정이 무서워서 할 용기가 나지 않는다. 아니면 지금 그냥 내 외모와 적당히 타협하고 살고 있기 때문일지도 모른다.

당당한 인생을 위해 성형수술이라는 주체적인 선택을 한 그들에게 힘찬 박수를 보낸다. 자신의 삶을 가꿀 줄 아는 용기 있는 결정에 또 한번 박수를 보낸다.

이제 성형미인은 옛말, 성형수술은 그저 선택일 뿐이다.

오늘의 인생 레시피	성형수술. 진정한 나의 모습을 찾기 위한 과정이 되 어야 한다.

분식집의 딜레마,
요청사항

지구상에는 7천여 개 이상의 언어가 존재하고 약 81억 명이 살고 있다. 강남역 분식집에도 매일 국적과 성별, 나이가 모두 다른 사람들이 찾아온다. 다양한 손님이 오는 곳인 만큼 주문 하는 메뉴도 모두 다르다. 개인의 기호에 따라 요청사항도 다 양하다.

나는 갑각류 알레르기가 있다. 그 사실을 몰랐던 시절, 지금 은 남편이 된 남자친구와 데이트를 할 때 있었던 일이다. 눈이 오는 어느 겨울날, 나에게 잘 보이고 싶었던 남편은 예술의 전 당 앞에 있는 랍스타 전문점에서 저녁을 사준다고 하였다. 랍스터는 구이만 있는 줄 알았는데 회로도 먹는다는 걸 그날 처음 알게 되었다. 우리가 그날 주문한 코스는 샐러드, 랍스터 회, 랍스터 구이, 볶음밥 그리고 디저트로 구성되어 있었다. 랍스터 회는 말 그대로 살아있는 랍스터를 회로 뜬 것이다. 이전에 랍스터 구이를 먹었을 때는 몰랐는데, 랍스터 회를 한 점 먹자마자 목에서 이상한 느낌이 들었다. 그때는 몰랐는데 알레르기 반응이 일어난 것이다. 입술이 점점 붓기 시작했고, 기도가 부어 숨을 쉬기조차 어려워졌다. 남편은 그저 나한테 맛있는 것을 사주고 싶었을 뿐인데, 우리는 후식도 못 먹고 응급실에 가야만 했다. 그리고 갑각류 알레르기가 있다는 사실을 알게 된 그날부터 나는 식당에서 음식을 주문할 때 더욱 조심하게 되었다.

다행히 분식집에서 알레르기가 있다는 손님은 아직 못 봤다. 하지만 음식 재료를 빼달라는 요청사항은 하루에도 몇 번씩 들어온다. 김밥에 오이 빼주세요. 그 외에 당근, 우엉, 소스, 단무지 등 선호도에 따라 싫어하는 재료를 빼달라고 이야기한다. 이럴 경우에는 출력된 주문서에 요청사항을 따로 메모한다. 그리고 좀 더 신경 써서 만들고, 또 손님에게 드린다. 이왕이면 손님이 좋아하는 맛을 만들어드리고 싶기 때문이다.

김밥을 주문한 사람 중에 특이한 요청을 해서 기억에 남는 손님이 있다. 따라란(도미솔)! 주문 알림이 울린다. 햄야채김밥. 햄야채김밥 한 줄 포장이다. 주방에서 김밥을 말려고 준비하고 있는데, 남자손님이 카운터로 다가왔다.

"김밥에 채소 다 빼주세요."
"네? 햄야채김밥에 들어가는 채소를 다 빼드려요?
"네."
"그럼 김밥에 햄, 맛살, 단무지, 지단만 들어가는데 괜찮아요?"
"아뇨. 지단도 빼주세요."

아니 햄야채김밥을 주문했는데 여기에 들어간 채소를 다 빼달라고 한다. 거기다 달걀지단까지. 그럼 김밥 안에 들어가는 재료가 몇 개 안 되는데, 이렇게 김밥을 말아서 팔아도 되는 건지 잘 모르겠다. 하지만 손님이 요청한 것이니 어쩌랴? 그냥 만들어 드렸다. 본인이 채소를 정말 싫어하거나, 채소를 안 먹는 아이에게 주려고 그렇게 주문한 것이 아닐까 추측해본다.
이런 경우도 있었다. 떡볶이를 포장한 손님이었는데 떡은 다 빼달라고 했다. 엥? 떡볶이에 떡이 들어가는 것은 기본 중에 기본인데 떡을 다 빼고 어묵만 넣어달라고 말한다. 나도 떡보다 어묵을 더 좋아하긴 하는데 '떡보다 어묵을 많이 주세요'도 아니고 어묵만 달라고 말하니 참 아리송하다. 뭐, 어디까지나 개인의 취향이니까 존중한다.

한번은 들기름막국수를 주문한 여자손님이 있었는데, 지난번에도 같은 음식을 주문해 먹었는데 본인 입맛에는 좀 달았다고 했다. 그래서 이번에는 들기름막국수에 들어가는 설탕을 빼달라고 요청했다. 보통 들기름막국수를 주문한 손님들의 요청사항은 '들기름 많이 넣어 주세요' 또는 '김가루 빼주세요' 정도이다. 그런데 맛이 달다고 설탕을 빼달라 하니 조금 황당했다. 왜냐하면 들기름막국수에는 설탕을 따로 넣지 않기 때문이다. 비법간장과 들기름, 그리고 김가루 두 종류와 삶은 메밀면. 이게 들기름막국수의 주재료다. 비법간장 안에 단맛이 가미되어 있을지도 모르겠지만, 설탕을 따로 넣지는 않는다. 그래서 손님에게 설탕은 따로 안 들어간다 말하니, 그래도 덜 달게 만들어 달라고 한다. 어떻게 만들어야 손님 입맛에 맞을까? 그냥 짠 간장을 좀 넣어볼까? 아니면 소금? 비법간장을 좀 덜 넣어볼까? 한참을 고민하다가 비법간장을 덜 넣는 것으로 결정했다.

배달앱에서 주문할 경우에는 요청사항을 적을 수 있는 곳이 따로 있다. 보통 손님들이 적은 요청사항은 꼼꼼하게 챙겨서 보는데 어떨 때는 어이가 없기도 하고 웃음이 나기도 한다. 김밥 한 줄을 주문하면서 '숟가락 4개, 젓가락 4개 챙겨주세요', '김밥에 참기름 바르지 마세요', '김밥을 자르지 말고 그냥 주세요', '오이 많이 넣어주세요.' 이 정도는 약과다.

'얼음컵에 얼음 반만 담아 보내주세요.'

'들기름막국수 서비스로 조금 주시면 안 될까요? 리뷰 남길게요.'

분식집에 없는 물건을 요청하거나 리뷰 이벤트 서비스 품목이 아닌 것을 달라고 하는 경우도 있다. 이럴 때는 손님들의 요청사항을 어디까지 들어줘야 할지 참 난감하다.

몇 달 전 신박한 요청사항도 받아봤는데, 배달앱에서 포장으로 주문한 손님이었다. '포장이 아니라 가게에서 먹을 거예요. 가게에서 바로 먹을 수 있도록 준비해주세요.' 아니 지금은 점심시간. 분식집이 손님들로 가장 북적일 때다. 홀을 훑어보니 앉을 자리도 없고 대기하고 있는 손님도 있었다. 어차피 먹고 갈 거라면 와서 주문하면 될 것을, 제일 붐비는 시간에 배달앱으로 주문해서 이런 요청사항을 하다니. 이곳 분식집은 예약제도 아닌데 말이다. 어떻게 해야 할지 잠깐 고민하다가 그냥 주문취소 버튼을 눌렀다. 그 손님이 언제 올지도 모르는데 음식 준비를 어떻게 맞춰서 하느냐 말이다. 그리고 이곳에 오는 다른 손님들은 자리가 날 때까지 기다렸다가 드시는데, 이건 불공평하다는 생각이 들어서다. 그런데 갑자기 분식집 안에 있던 한 남자손님이 자리에서 벌떡 일어나더니 "왜 취소했어요!"라고 말한다.

"네?"

"왜 주문 취소했냐고요!"라며 막 따지듯이 물었다. 어이가 없고 황당했다.

"손님, 제가 손님이 언제 도착하실 줄 알고 음식을 만들어놔요? 그리고 여기 지금 한번 보세요. 자리가 없어서 기다리고 있는 손님도 계신데 미리 음식을 만들어놨다가 자리가 안 나면 어떻게요?"라고 말했다. 손님은 무슨 근자감(근거 없는 자신감)인지 당당하게 말한다.

"자리가 없기 전에 미리 맡아두면 되잖아요!" 하…… 한숨이 나온다.

"그건 불가능합니다, 손님. 다른 손님들과 형평성에서도 어긋나고요. 그리고 저희는 따로 예약을 받지 않습니다. 자리에서 주문해서 드시고 가시든지 포장해서 드세요"라고 말하고 꾸벅 인사했다. 손님은 결국 씩씩거리면서 분식집을 나갔다.

아무리 요청사항이라지만 다 들어줄 필요는 없다고 생각한다. 지나치게 세세한 조건이나 과도한 서비스, 말도 안 되는 시간 내에 음식을 만들어 배달해달라는 요구. 아마 자신은 남들과 다르고 특별하니 대우해달라는 말인 것 같다. 하지만 개인의 기호나 편의를 넘어서, 지나치게 자기중심적으로 요구하는 것은 참 불편하다. 손님과 음식점 사이의 요청사항은 더 나은 서비스를 제공하고 손님을 만족시키려고 하는 것이지, 일방적인 요구사항은 아니다. 앞으로도 이런 요청사항이 들어온다면 정중히 사양하겠다.

오늘의
인생 레시피

이 세상에 너만 특별한 거 아냐.
나도 특별해!

진심이 담긴
말

손님을 상대하는 서비스업에서 일하다 보니 자연스럽게 외모에 더 신경 쓰게 된다. 머리를 질끈 묶어야 하고, 비록 앞치마도 해야 하지만, 나를 봤을 때 밝고 친절한 이미지를 받았으면 한다. 평소에 화장도 잘 안 하지만 강남역 분식집에 갈 때는 핑크빛이나 코랄빛이 도는 블러셔를 한다. 그리고 생기 있게 보이기 위해 입술에 립밤, 립스틱도 꼭 챙겨 바른다. 이렇게 나의 외모를 가꿔 손님에게 보여주는 것도 하나의 서비스라고 생각하기 때문이다.

이번 여름에 있었던 일이다. 날씨는 에어컨을 틀어도 덥고,

땀이 많이 나다 보니 몸이 지치기도 했다. 그날따라 얼굴에 기미도 보이는 것 같고 피부도 푸석푸석해 보였다. 스킨, 로션, 에센스, 크림까지 다 발랐는데도 얼굴에선 광이 나지 않고 애써 바른 립스틱도 마음에 안 들었다. 어찌어찌 분식집에 가서 일을 마치고 집에 돌아왔다. 그리고 무슨 마음으로 그랬는지 모르겠지만, 주방에 있던 가위를 들고 거울 앞에 앉았다. 그리고 머리카락을 이마 앞으로 내리고 싹둑 과감하게 잘랐다. 앞머리를 만들면 마음이 홀가분하고 가벼워질 것만 같았다. 하하. 누가 그러던데 앞머리를 혼자 자르면 생각보다 짧아질 수 있으니, 내가 원하는 길이보다 좀 더 길게 잘라야 한다고 했다. 하지만 이때의 나는 그 말조차 다 날려버렸던 것 같다. 그래서 내 앞머리는 아주 짧은 뱅 스타일이 되었다.

다음 날, 어색한 앞머리를 억지로 손으로 꾹꾹 눌러가며 분식집에 출근했다. 분식집 식구들은 예쁘다, 잘 어울린다고 말은 했지만 짧은 앞머리만큼이나 내 마음도 어색했다. 그래도 전날의 무거운 마음은 잊혔다. 오픈시간에 맞춰 손님들이 하나둘씩 오기 시작했고, 나는 또 내 하루의 일과를 시작했다. 아직까지 그 손님들이 어디에 앉았는지 자리도 기억난다. 셀프바 바로 앞에 있는 자리, 젊은 여성손님들이었다. 이 둘은 일본인, 친구사이인 것 같았다. 근처 세일 중인 옷가게와 화장품가게에서 쇼핑을 하고 왔는지 쇼핑백도 제법 있었다. 라볶이와 김밥을 주문하고 둘은 이야기를 나누며 음식을 기다리고 있었다. 이내 주방에서 음식이 나왔고 나는 쟁반에 음식을 올려 손님에게 가져다 드렸다.

"귀여워!"
"네?"
"예쁘다!"
"네??"

두 손님이 번갈아가며 귀엽다, 예쁘다고 나를 보고 환하게 웃으면서 이야기했다. 내가 보기엔 두 손님이 더 예뻐 보이고 귀여워 보이는데, 왠지 어제 자른 내 앞머리 덕분인 것 같다. 나보다 나이가 한참 어린 손님들인 것 같은데 외모에 관한 칭찬을 들으니 기분도 좋았다. 어쩐지 어제 갑자기 앞머리를 자르고 싶더라니…… 아마 이 손님들을 만나려고 그랬나보다. 그러면서 또 웃음도 났다. 왜냐하면 '귀여워', '예쁘다'라는 말 때문이었다. 보통 처음 본 상대에게 말을 할 때에는 조심스럽게 존칭어를 사용한다. 그리고 외모에 관한 이야기는 실례라고 생각해서 말하지 않는다. 한류의 영향일까? 두 손님은 그래도 한국어에 대해 조금 알고 있는 것 같았다. 그래서 '귀여워', '예쁘다'

라며 어설픈 한국어로 말한 게 아닐까 싶다. 만약에 한국인 손님이 "귀여워요", "예쁘십니다"라고 말했다면 거부감이 들고 '저 사람 뭐야, 미쳤나?' 하고 피했을 텐데 어쭙잖은 한국어로 이야기하니 더 기분이 좋았던 것 같다. 그리고 그 말에 진심이 느껴졌다.

 이런 일도 있었다. 외국인 손님이었는데 강남역 분식집에는 처음 온 것 같았다. 테이블오더 사용법이 궁금했는지 손짓으로 나를 불렀다. 손님 자리로 가서 테이블오더의 한국어로 되어 있는 설정을 영어로 변경해드렸다. 그리고 주문하고 결제하는 방법에 대해 간략하게 설명해드렸다. 음식도 맛있게 먹고 퇴식구에 쟁반과 그릇도 척척 반납했다. 손님은 문을 나서기 바로 전 갑자기 뒤로 돌아서더니 카운터에 있는 나를 보고 손을 흔든다. 그러고는 "고마워!" 하고 큰 소리로 말했다. 그 말을 들은 몇몇 손님이 큭큭거리며 웃었다. 나도 피식 웃음이 나왔지만 꾹 참고 "감사합니다, 안녕히 가세요!"라고 대답했다. 어눌한 발음이었지만 한국어로 자신의 의사를 표현하려는 모습이 용기 있어 보였고 고마운 마음이 들었다. '감사합니다', '고맙습니다' 하고 말하는 것이 사실 정확한 표현이겠지만 그 손님은 자신이 아는 한국어 중 가장 적절한 말을 했을 것이다. 한국에 대해 알아가려는 그 마음과 표현하려는 노력도 참 멋져 보였다.

아무리 말을 유창하게 잘 하면 뭐하나 싶다. 그 말 속에 진심이 담겨 있지 않으면 무의미하다. 인사치레로 하는 말이나 진심이 느껴지지 않는 형식적인 말은 공기보다 가볍게 날아가고, 되레 화살이 되어 남에게 상처를 줄 수도 있다. 그런 말보다는 어눌한 말투지만 외국인 손님들이 나한테 해준 말들이 훨씬 의미 있고 값지다.

하루 동안 내가 했던 수많은 말들 중 진심을 담아 하는 말이 얼마나 될까 생각해보았다. 손님이 분식집에 들어오면 '어서 오세요', 손님이 나가면 '감사합니다', '안녕히 가세요' 하고 거의 자동반사적으로 하고 있는데 혹여 겉치레로 느껴지지 않을까 싶다. 손님에게 음식을 드리면서 '맛있게 드세요'라고 하는 말은 어떤가? 이 말도 그냥 분식집 직원으로서 말하는 공허한 소리로 들리진 않을까 반성하게 되었다.

분식집 문을 나서는 손님에게 "안녕히 가세요"라고 말하면 열 중 한 명은 "안녕히 계세요", "잘 먹었습니다"라고 대답을 해주거나 고개를 끄덕이며 인사한다. 그 손님들은 내 인사에 답인사를 했던 것이다. 그런데 열 중 아홉 손님은 그냥 나간다. 어느 식당에 가더라도 들을 수 있는 인사말이기에 가볍게 무시하는지도 모르겠다. 이것만 봐도 형식적으로 들리는 말은 상대에게 어떠한 영향도 미치지 못한다는 것을 알 수 있다.

말은 단순한 소리가 아니다. "진심을 담은 말은 단순히 말을 전하는 것이 아니라 영혼을 흔드는 것이다"라고 철학자 에머슨은 말했다. 말에는 감정과 생각이 담겨 타인에게 전해진다. 어눌한 말투거나 문법이 좀 틀리면 뭐 어떠랴. 마음이 담기지 않은 화려한 말들보다 훨씬 값지고 의미 있다. 상대가 누구든 진심이 담긴 말을 했다면 어떻게든 잘 닿았을 것이다. 상대에게 깊은 울림을 주고, 또 응원과 희망의 메시지를 남겼을 것이다. 이렇게 진심이 담긴 말은 사람의 마음을 움직이는 힘이고 원동력이다.

오늘의
인생 레시피

진심이 담긴 말은 길을 잃지 않는다.

결정의
미로

우리는 살면서 의사결정을 해야 하는 순간을 계속 만난다. 그런데 그런 순간 결단을 내리지 못하고 아무런 행동을 못하는 사람들도 있다. 벤저민 프랭클린은 "미루기만 한다면 당신은 이미 실패를 선택한 것이다"라고 말했다. 결정을 미루는 것은 결국 실패를 자초한다는 뜻이다. 어떤 사람은 신속하게 판단하고 결단을 내리지만 어떤 이는 신중하게 생각하다 결정을 못내린다. 중요한 선택의 순간이 왔는데도 머뭇거리며 결정을 못하고, 타인에게 결정해줄 것을 기대하기도 한다. 커다란 미로 속 갈림길에서 오른쪽으로 갈지 왼쪽으로 갈지 결정 못 하고 누가 대신 안내해줄 때까지 마냥 기다리는 것처럼 말이다.

분식집에 오는 단골손님 중에서도 그런 분이 계셨다. 근처 컴퓨터학원 선생님인데 지금은 다른 곳으로 직장을 옮겼다. 친화력이 좋고 궁금한 것도 많은 손님이다. 옆에 외국인 손님이 앉아 있으면 어디서 왔냐며 먼저 말을 걸거나 이거 한번 먹어보라며 메뉴를 추천하기도 한다. "오늘은 점장님께서 안 나오셨나 봐요?" "뭐 매니저님이 워낙 일을 알아서 잘 하시니까" 하고 먼저 반갑게 인사도 하시고 혼자 질문하고 혼자 대답도 한다. 보고 있으면 웃음이 절로 나는 독특한 손님이다.

그런데 이 손님에게는 하나의 단점이 있다. 무엇을 먹을지 메뉴 선택을 못한다는 것이다. 보통 손님들은 자리에 앉아 테이블오더로 음식을 주문하는데, 이 손님은 어떤 메뉴를 먹을지 나에게 물어보기 위해 꼭 카운터로 온다. "오늘은 저 뭐 먹을까요?" 네? 음식은 손님이 드시는데 왜 메뉴는 나한테 묻는 겁니까? 그 속을 한번 들여다보고 싶다. 내가 아무 말도 안 하고 멀뚱멀뚱 서 있으면 "그냥 8천 원에 맞춰 아무거나 주세요"라고 말한다. 그럼 이때부터 내 머릿속은 어떤 메뉴를 드려야 하나 혼란스러워진다. 어떤 날은 볶음밥, 어떤 날은 묵은지참치김밥, 어떤 날은 냉모밀. 그날그날 날씨와 내 기분에 따라 8천 원에 맞춰서 손님에게 음식을 드렸다. 그러다 이 손님이 정착한 메뉴가 생겼는데 그것은 바로 진미채김밥에 묵은지를 추가한 것이다. 손님이 다른 곳으로 직장을 옮기기 전날, 마지막으로 이곳 분식집에 인사하러 올 때까지 "제가 늘 먹던 거 알죠? 그거 주세요"라며 진미채김밥에 묵은지를 추가해 드셨다.

왜 자신의 점심메뉴를 내가 결정하도록 했을까? 결정장애인가? 묵은지를 추가한 진미채김밥과 같은 완벽한 답을 찾지 못해서 대신 결정을 부탁한 걸까? 후회하지 않을 완벽한 메뉴를 선택하기 위해서 분식집에서 근무하는 직원인 나에게 물어본 걸까? 그 속이 궁금하다. 여하튼 어떤 사람에게는 메뉴를 선택하는 것이 쉬운 일인데, 이 손님에게는 유독 어려웠나보다.

두 달 전부터 나와 같이 홀에서 일하는 알바생이 있다. 역삼역 근처에 사는 20대 여성인데 한결같이 명랑하고 순수하다. 나와 취향도 비슷하고 말도 잘 통해서 참 좋아하는 알바 친구다. 아침부터 시작한 알바는 오후 두 시면 끝난다. 그리고 오후에는 근처 카페에 또 알바를 하러 간다. 주말에도 알바 스케줄이 빽빽하다. 정말 부지런하다. 알바가 끝나는 시간, 오후 두 시에 가까워지면 나는 물어본다. "오늘 점심에 뭐 먹을래?" 일하느라 수고한, 혼자 사는 그녀에게 점심만큼은 잘 챙겨 먹이고 싶은 마음에서다. 알바 첫날에 나는 "점심 먹고 가요. 뭐 먹어볼래요? 분식집에 있는 메뉴 중 하나 골라봐요"라고 말했다. 첫날이라 아직 낯설어서 그런가? 쭈뼛쭈뼛. 그녀는 한참 고민하더니 말했다. "저 뭐 먹을까요? 하나 골라주세요." 그래……
첫날이라 어떤 메뉴가 있는지 잘 모를 수 있다. 아니면 뭐가 먹
고 싶다고 의견을 말하기가 아직은 조심스러울 수 있다. 그래
서 나는 "김치볶음밥 한번 먹어볼래? 맛있어"라고 추천했고,
그녀는 알바 첫날 김치볶음밥을 남김없이 다 먹고 갔다. 그런
데 다음 날에도, 그다음 날에도 계속 물어보는 것이다. "저 오
늘 뭐 먹을까요? 추천해주세요." 그래, 여기에 있는 메뉴 한 번
씩 일단 다 먹게 해보자. 이 마음으로 2주 동안 그녀에게 점심
메뉴를 계속 골라주었다. 그런데 강남역 분식집에 있는 메뉴를
모두 한 번씩 다 먹어봤는데도 또 물어보는 것이다! 아무래도
이건 결정장애? 아니면 그냥 그녀의 습관인가 보다. 결국 나는
특단의 조치를 내렸다. "점심에 뭐가 먹고 싶은지 이제는 네가
골라봐" 하고 점심 결정권을 그녀에게 다시 넘겼다.

살다 보면 사소한 문제에도 크게 고민할 수 있다. 마치 점심
메뉴를 고르는 것처럼 말이다. 어떻게 보면 단순히 한 끼를 고
르는 것뿐인데, 때로는 무거운 짐처럼 여겨질 수 있다. 바로 결
정장애다. 큰일에서만 선택을 못 하는 것이 아니라 이처럼 일
상적인 선택에서도 비슷한 고민을 겪는다.
선택지가 많아서일까? 하나를 선택함으로써 하나를 포기해야
하는 기회비용 때문일까? 아니면 선택 후에 생길 수도 있는 후

회 때문일까? 그래서 완벽주의자는 늘 최선의 선택을 하길 원하고, 그러기 위해 모든 가능성을 고려한다. 모든 정보를 완벽하게 분석하고 결정하겠다는 마음인데, 사실 이것이 선택을 더 어렵게 만든다. 아니면 책임 회피일 수도 있겠다. 결정을 내리면 그에 대한 책임은 온전히 자신의 몫이기 때문이다. 그래서 작은 선택조차도 부담을 느끼는 것이다. 결정을 미룰 수만 있다면 그 책임감에서 벗어나 마음이 편안해질 것이다. 그래서 누군가 나 대신 선택해주기를 바라는 마음이 생길 수 있다.

하지만 결정을 미루는 습관은 때때로 많은 기회를 놓치는 결과를 낳는다. 의사결정을 내리지 않으니 아무것도 얻지 못한다. 그런데 모든 인간에게 주어진 시간은 공평하고 또 유한하다. 도대체 언제까지 시간을 낭비하며 결정을 미루기만 할 것인가? 한정된 시간을 제대로 활용하지 못하고 주저만 한다면, 과연 어떠한 인생을 살게 될지 궁금하다.

어떻게 보면 아무런 결정을 하지 않는 것이 안전해 보일 수도 있지만 그것이야말로 가장 위험한 선택일지도 모른다. 결정의 미로에 갇혀 빠져나오지 못할 수도 있기 때문이다. 이럴 때 필요한 것이 바로 결단력이다. 아무리 고민해도 완벽한 답을 찾을 수 없다는 사실을 먼저 받아들여야 한다. 그리고 완벽한 답은 없지만 늘 최선의 선택은 있다는 것을 명심해야 한다. 실패와 좌절이 있을 수도 있지만 이를 통해 배우고 성장할 수 있다. 때문에 선택을 할 수 있는 용기가 필요한 것이다.

삶은 수많은 선택의 연속이라고 한다. 그러나 그 선택 하나하나가 우리의 행복을 좌지우지하지는 않는다. 비록 미로 속에 살고 있더라도 그 미로를 빠져나갈 출구는 의사결정에서 비롯된다는 것을 잊지 않았으면 좋겠다. 마치 점심메뉴처럼 말이다.

| 오늘의 인생 레시피 | 그래서…… 오늘 점심은 뭐 먹을래? |

분식집엔
짜장면이 없어요

제 몸짓보다 큰 캐리어를 끌고 있는 여성 두 명이 분식집 앞을 서성인다. 그리고 식당 앞 스탠딩 안내판을 넘기면서 이리저리 살펴본다. 큰 유리창을 통해 분식집 안에 있는 나를 힐끗힐끗 쳐다보고 있다. 무언가 궁금한 게 있는 모양이다. 딸랑. 일행으로 보이는 여성손님 중 한 명이 문을 열고 들어와 한국어로 물어본다. 어디서 한국어를 좀 배웠나보다.

"여기 짜장면 있어요?"
"네?"
"여기 짜장면 팔아요?"

"아니요. 여기는 분식집이에요. 짜장면은 중국집에서 팔아요."

갑자기 두 손님은 심각한 표정을 지으며 중국어로 뭐라 뭐라 말한다. 무언가에 놀랐는지 감탄사도 들린다. 중국어를 4년 동안 배웠던 나의 실력으로 이들의 이야기를 요약하자면, 대충 이렇다.
"짜장면이 중국음식이라고?"
두 손님은 짜장면이 중국집에서 파는 음식이라는 사실에 먼저 놀랐고, 짜장면이 중국음식이라는 사실에 또 놀랐던 것 같다.

이삿날 먹는 짜장면. 졸업식이나 입학식 날에 부모님과 함께 먹던 짜장면. 짜장면은 특별한 날에 먹던 음식으로 한국인에게 큰 의미가 있다.
짜장면은 우리가 흔히 중국음식이라고 말하지만 사실은 한국에서 만들어진 음식으로 중국 산둥지방에서 유래한 '작장면'을 변형시킨 것이다. 작장면은 돼지고기, 해산물을 다진 후에 된장과 함께 볶아 면 위에 올려 먹는 음식이다. 한국에 이주한 화교들이 이 작장면을 변형하여 검은색 춘장을 사용해서 지금의 짜장면을 만들었다.

베이징에 처음 놀러 갔을 때가 생각난다. 중국음식의 본토에서 짜장면을 먹을 생각에 설렜다. 이곳에서 먹는 짜장면의 맛은 어떨까? 다행히 패키지여행 일정 중에 중국식 짜장면을 먹으러 가는 날이 있어 나는 그날만을 손꼽아 기다렸다. 드디어 그날이 되었고, 점심을 먹으러 간 식당에서 중국식 짜장면이 나왔다. 엥? 이게 짜장면이라고? 짜장면이라고 하면 윤기가 좌르륵 나는 캐러멜 색상의 검은 춘장 안에 고기와 양파, 각종 채소를 넣고 볶아 면 위에 올려주는 것이 아닌가? 그런데 중국식 짜장면이라고 나온 음식은 색깔부터 내가 알던 것과 달랐다. 찰기가 없는 황갈색의 소스, 그리고 그 옆에 있는 채소들. 일종의 비빔면처럼 생겼다. 그리고 생긴 것도 맛도 내가 생각한 짜장면이 아니었다.

어쩌면 이 손님들도 나와 비슷한 생각을 하지 않았을까 싶다. 중국에 비슷한 음식은 있지만 한국에서 파는 짜장면과 같은 음식은 중국에 없을 것이다. 그래서 당연히 짜장면은 한국음식이라고 생각했을 텐데, 중국집에 가서 중국음식인 짜장면을 먹으라고 하니 얼마나 황당했을까? 두 손님이 놀란 표정으로 열띠게 이야기하면서 웃은 데에는 다 이유가 있을 것이다.

남편과 아들 그리고 나, 이렇게 세 식구가 인천 차이나타운에 놀러간 적이 있다. 아들이 좋아하는 짜장면, 그 짜장면으로 유명한 공화춘에 대해 알려주고 싶어서였다. 그래서 차이나타운의 대표 명소인 짜장면 박물관에 데려갔다. 짜장면의 기원과 발전과정, 짜장면을 비롯한 중국음식들이 한국에서 어떻게 발전되어 왔는지를 전시하고 있었다. 한참을 관람하고 사진도 찍고 나서 우리가 간 곳은 당연히 차이나타운의 중국집이다. 그곳에서 일단 작장면이라고 불리는 중국식 짜장면, 황두면을 시켰다. 아들에게 짜장면의 원조를 알려주고 싶었다. 황두면은 면과 소스가 따로 나온다. 소스는 중국식 된장인 황두장으로 만들어 밝은 갈색을 띠고 있으며, 잘게 다진 고기와 채소를 넣고 볶았다. 이 소스를 면 위에 올리고 비벼 먹는 것이 바로 원조 짜장면이다. 그동안 내가 먹었던 짜장면보다 조금 담백하면서 묵직한 맛이 느껴지고 짭짤하면서 콩의 고소한 맛이 난다. 하지만 중국 특유의 향신료 맛이 강하게 느껴져, 평소에 먹던 짜장면 맛을 기대하고 먹으면 크게 실망할 수도 있다.

문화가 전파되어 한 나라에 정착되면 그 나라 특색에 맞게 정착되는 것처럼 음식도 마찬가지로 변한다. 짜장면은 비록 중국 작장면에서 유래했지만 한국에서 탄생하고 한국인의 입맛에 맞춰진 음식이다. 피자가 이탈리아에서 유래했지만 미국에서 더 발전한 것처럼 말이다. 대표적인 예로 하와이안 피자를 꼽을 수 있다. 그런데 이탈리아에서는 파인애플이 올라간 하와이안 피자는 피자가 아니라 디저트라고 말한다. 일본의 라멘도 중국에서 기원했지만 독자적인 면 요리가 되었다.

비슷한 일이 또 있었다. 이 외국인 손님은 아마 일본에 가본 적이 있거나 일본 초밥을 먹어본 적이 있는 것 같다. 초밥을 먹을 때는 대개 와사비를 푼 간장에 찍어 먹는다. 손님은 김밥 한 줄을 시켰고, 나는 손님에게 가져다 드렸다. 그런데 갑자기 나를 부른다. 무슨 말을 하려고 부르는 걸까? 궁금해서 얼른 자리로 가보았다. '간장Soy sauce'을 달라고 한다. 김밥에 간장? 김밥에는 이미 간이 다 되어 있는데, 거기에 간장을 찍어 먹으면 백 프로 짤 텐데 말이다. 이런 경우는 처음이라 황당했지만, 손님이 간장을 찾으니 뭐 어쩔 수 없는 일 아닌가? 그래서 주방에 부탁해서 간장을 조금 갖다 드렸다. 손님은 김밥을 일본의 초밥이나 롤이랑 비슷한 음식이라고 생각했던 것 같다. 초밥은 보통 간장에 찍어 먹기 때문에 김밥도 그래야 한다고 여겼나보다.

음식은 나라와의 교류를 통해 변형되고 발전되기도 한다. 중국에 작장면과 한국에 짜장면이 있는 것처럼 말이다. 더욱이 글로벌시대에 발맞추어 음식도 세계화되다 보니 음식의 국경과 장벽이 사라지고 있다. 아마 그 중국 손님들이 놀란 이유는 짜장면이 중국음식이라고 하기에는 너무 한국적으로 변형이 되었기 때문일 것이다. 한국에서 짜장면을 먹어본 다른 외국인들은 짜장면이 중국음식이라고 생각하지 않고 오히려 한국에서만 맛볼 수 있는 음식이라고 여길 수 있다. 일본에서 초밥을 먹어본 외국인이 한국에서 김밥을 간장에 찍어먹으려고 했던 것처럼 말이다.

그런데 몇 달 전에 강남역 분식집 본사에서 신메뉴를 만든다고 연락이 왔다. 어떤 메뉴일까 너무 궁금해서 무엇을 만들 거냐고 물어보았다. 짜장 베이스로 만든 우동이라고 한다. 짜장우동. 짜장면은 중국집에서 파니까 짜장우동은 분식집에서 팔면 되겠다.

오늘의
인생 레시피

변화 외에 불변하는 것은 없다.

의문의 손님,
맛과 멋을 연구하는 사람

분식집이 오픈한 지 얼마 안 되었을 때 일이다. 지금까지 내가 만난 특이한 사람 베스트 3을 꼽으라면 그 안에 들어갈 사람을 만났다. 주변에 식당을 운영하고 있는 지인들이 있어서 비슷한 이야기는 들었는데, 그런 사람이 이곳에도 찾아올지는 몰랐다. 다름 아닌 구걸을 하는 사람 말이다. 보통은 언제 씻었는지도 모를 시큼하고 매캐한 냄새를 풍기며 식당 안으로 들어와 "며칠째 먹지 못했고, 돈이 필요합니다. 적은 돈이라도 주시면 감사하겠습니다"라고 말하며 테이블마다 돌아다니며 구걸을 한다고 했다. 가족 단위로 식당에 찾아와 구걸하기도 하는데, 아이들에게 먹을 것을 사줄 돈이 없다며 밥을 달라고 하거나 좀 도와달라고 말하기도 한단다. 이럴 경우에 식당주인이 나가달라고 하면, 난동을 부리기도 한단다. 그러면 식당 안에 있던 손님들도 인상을 찌푸리며 불쾌해하고, 또 식사를 하러 안으로 들어오려고 했던 손님도 흠칫하며 나가는 경우도 있다고 했다. 그래서 마냥 요구를 들어줄 수도, 그렇다고 거절할 수만도 없어 난처하다고 했다.

  형광초록색 바람막이를 입고, 머리에 푹 눌러쓴 보라색 비니. 얼굴을 반쯤 가리는 커다란 선글라스를 쓴 여성이 불쑥 카운터로 다가왔다.
  "방금 이 카드로 버스를 타고 왔는데, 여기서는 결제가 되지 않네요."
  "네? 왜 안 되지?"
  결제가 안 된다는 말에 카드단말기가 고장이 났나 싶어 자리에 있는 테이블오더에서 결제를 시도해보았다. 어랏, 결제가 안 된다. 카운터에 있는 포스기에서 결제를 또 시도해봤다. 어어랏, 또 안 된다. 코로나 이후 비대면결제가 발달해서 신문물인 키오스크와 테이블오더도 들였는데, 도대체 왜 안 되는 거지? 그러다 순간 '아차!' 싶어 어떤 카드인지 살펴보았다. 버스는 탈 수 있는데 결제는 안 되는 카드는 무엇인지 궁금했다. 마그네틱 부분이 손상되었나? 그건 아니다. 카드가 구겨지거나 손상된 부분은 없다. 앞면을 살펴보았다. 응? T? 이건 통신사 카드다. 통신사 제휴카드가 아니라 구식의 통신사 마일리지 카드이다. 도대체 이걸로 어떻게 버스를 타고 왔다는 건지 그저 신기할 따름이었다.

혹시나 손님이 다른 카드를 잘못 준 건 아닐까 싶어 "손님, 혹시 이 카드 말고 다른 카드는 없으신가요?"라고 말했다. 실수로 잘못 준 걸 수도 있는데, 이 카드로는 결제가 안 된다고 사실대로 말하면 손님이 무안해할까 봐 다른 카드가 있는지 물어보았다.

"이 카드밖에 없는데요…… 저 방금 이 카드로 버스도 타고 왔어요."

"네? 손님, 이 카드로 버스를 타고 오셨다고요? 죄송한데 저희 분식집에서는 이 카드로 결제가 안 돼요 손님."

이럴 때는 어떻게 대응해야 하는 것이 좋을까? 그냥 이건 통신사 마일리지 카드이니 결제가 안 된다고 해야 하나? 다른 카드가 없으면 다음에 다시 오라고 해야 하나? 잠깐의 시간이었지만 머릿속으로 수십 가지 할 말을 생각해보았다.

"손님, 이 카드로는 결제가 안 되니 다른 카드나 현금, 아니면 계좌이체로 하면 될 것 같아요. 계좌이체로 하실 경우 여기로 입금해주시면 돼요"라고 말했다. 아…… 잘했어. 적절한 대응

이야. 손님에게 무안을 주지 않고 음식을 주문할 수 있는 다른 결제 방법을 제시해준 것 같아 뿌듯했다.

여성분이 진한 검정색 렌즈 선글라스를 끼고 있어서 표정을 볼 순 없었지만 잠깐의 정적이 흘렀다.

"사실 제가 통장을 사용할 수 없는 상태입니다. 그래서 계좌이체도 할 수 없어요. 그리고 지갑을 두고 와서 현금도 없어요."

"네? 손님 그러시면 제가 해드릴 수 있는 방법이 없는 것 같아요. 손님께서 집에 가서 다른 카드를 가져오시거나, 현금을 가지고 오시면 될 것 같아요."

또 한 번의 정적이 흘렀다.

"사실은 제가…… 맛과 멋을 연구하는 사람입니다. 전국 방방곡곡을 돌아다니며 맛집을 찾아다니고 있습니다. 그리고 다른 사람들이 이 식당에 대해 알 수 있도록 글을 써드립니다. 그래서 그런데…… 제가 맛을 볼 수 있도록 샘플 음식을 좀 줄 수 없을까요?"

"네?"

샘플음식이란다. 화장품 샘플은 들어봤어도, 샘플음식이라는 단어는 처음 들어본다. 처음 듣는 단어에 신박하기도 했고 당황스럽기도 했다.

"샘플음식이요?"라고 나는 재차 물었다.

"네, 샘플음식이요. 제가 맛을 볼 수 있게 음식 몇 가지만 주시면 됩니다."

아…… 그러니까 한마디로 요약하자면 신용카드도, 계좌이체도, 현금도 지불할 수 없으니 음식을 그냥 달라는 말이다. 그것도 자신을 맛과 멋을 연구하는 사람이라고 소개하면서까지 말이다. 하하하, 이건 아니 될 일이다. 정중하게 거절하자고 마음먹었다.

"손님, 죄송한데요. 저희 분식집은 열 시에 오픈이에요. 지금 오픈한 지 몇 분 지나지 않아서 따로 준비된 음식도 없고, 전 처리도 해야 하는 시간이에요. 그래서 지금 손님께 드릴 샘플음식을 준비하기에는 조금 어려울 것 같아요. 다음에 다시 오셔서 주문하면, 그때 맛과 멋을 연구하는 사람이라고 꼭 말씀해주세요. 제가 손님을 꼭 기억해두었다가 서비스 음식을 챙겨드릴게요."

실제로 오픈 준비로 주방이 바쁠 때였고, 비용을 받지 않고 음식을 그냥 드리는 선례를 남기고 싶지 않았다. 더군다나 오래된 통신사 마일리지 카드를 가져와서 카드결제가 안 된다고 이야기를 하다가 말이 안 되니 '사실은 맛과 멋을 연구하는 사

람'이라고 말을 바꾸지 않았던가? 그제야 손님을 제대로 바라
보았다. 계절과 맞지 않은 바람막이와 비니, 거기에 커다란 선
글라스까지 썼다. 이제야 모든 것이 이해가 가기 시작했다. 그
녀의 모든 것이 아이러니하다. 그녀는 정말 배가 고파서 샘플
음식을 달라고 이야기했을까? 아니면 그냥 한번 찔러본 걸까?
정답은 그녀 외에는 아무도 알 수 없다.

 나이도 젊어 보였는데 꼭 이렇게까지 했어야 할까? 보통 구
걸을 하는 이유는 수입이 없고 경제적인 이유 때문이다. 일자
리를 얻는 데 어려움을 겪고 생계비조차 마련하지 못하는 경우
가 대부분이라고 한다. 대학교 3학년 여름방학, 태화기독교 사
회복지관에서 한창 사회복지 실습을 할 때 있었던 일이다. 그
때 이런 질문을 받았다. "만약에 당장 돈이 필요하다고 구걸하
는 사람에게 어떻게 할 건가요? 버스표를 사겠다고 돈을 달라
고 하는 사람에게 돈을 주는 것이 맞는 일일까요?" 나는 대답
했다. "돈을 줘서 당장의 문제를 해결할 수는 있지만 이것은 근
본적인 해결책이 아니라고 생각합니다. 그 사람이 자립할 수
있도록 교육을 하거나 직업훈련의 기회를 주어 생계를 유지할
수 있는 근본적인 조치를 할 것입니다"라고 말이다.

 사실 샘플음식을 달라고 한 그녀에게 음식을 조금 나눠줄 수

는 있었다. 하지만 이것이 그녀에게 잠시 배부름은 달래줄 수
는 있어도 구걸을 하는 근본적인 원인을 제거해줄 수 없다고
판단했기 때문에 그러지 않았다. 단순히 도와주고 싶은 마음이
들어 호의적으로 대응을 했다가는 오히려 문제를 악화시킬 수
도 있기 때문이다.

그나저나 그녀는 지금도 맛과 멋을 연구하기 위해 돌아다니
고 있을까? 그리고 그때는 물어보지 못했지만 정말 궁금한 것
이 또 하나 있다. 어떻게 그 카드로 버스를 타고 왔을까? 정말
로 버스를 타긴 했을까? 아직도 궁금하다.

오늘의
인생 레시피

세상은 특별한 일을 하는
평범한 사람으로 가득하다.

4장

어쩌다 마주친 사람들

엄빠카드, 법카보다 더 좋은 건 내 카드

    강남역 분식집 근처에는 회사와 병원이 많다. 그래서 점심시간이 되면 직장인과 병원 간호사들이 많이 찾아온다. 만약 나에게 이들과 일반 손님을 단번에 구분할 수 있는 방법이 있냐고 묻는다면, 나는 주저 않고 "물론이죠!"라고 대답할 수 있다. 비결은 바로 영수증이다. 보통 손님이 오면 자리에 앉아 테이블오더로 결제하고 음식을 먹는다. 그리고 먹은 그릇과 쟁반을 퇴식구에 반납하고 간다. 하지만 직장인이나 병원 관련자 분들은 법인카드로 먹는 경우가 대다수라 영수증이 꼭 필요하다. 그래서 음식 주문 후 나중에 카운터에 와서 "영수증 주세요" 또는 "사업자로 현금영수증 발급해주세요"라고 말한다. 때로는 음식을 먹고 그냥 회사로 돌아갔다가 몇 시간 뒤에 아차 싶었는지 다시 분식집으로 찾아온다. "아까 점심에 음식 먹고 갔는데요. …… 11시 30분쯤 왔었어요. 영수증을 깜빡했는데, 영수증 하나 뽑아주세요."

우리는 일상적으로 많은 카드를 사용한다. 체크카드, 기프트카드, 신용카드 등 다양한 종류의 카드가 있는데 이 중에서 가장 매력적인 카드를 뽑으라면 단연 엄빠카드와 법카(법인카드)다. 엄빠카드는 말 그래도 사회생활을 시작한 지 얼마 되지 않아 아직은 경제적 능력이 부족한 젊은 자녀에게 엄마, 아빠가 쓰라고 주신 카드다. 어떻게 보면 부모님이 공식적으로 허용한 경제적 사용범위다. 그러나 부모님이 피땀 흘려 번 돈이 들어 있는 카드라 함부로 사용하지는 못한다. 정말로 꼭! 필요할 때만 쓰게 된다. 사용하지는 않아도 지갑 속에 꽂혀 있는 엄빠카드는, 마치 부모님과 함께 있는 듯한 든든함이 있다. 예상치 못한 상황이 벌어져도 이 엄빠카드가 나를 지켜줄 것만 같은 느낌마저 든다.

법카는 회사에서 주는 카드다. 법카도 엄빠카드와 마찬가지로 내 카드는 아니지만 경제적으로 자유로움을 준다. 그런데 엄빠카드는 내 부모님이 주신 거라 그런가? 책임감과 신중을 기하며 사용하게 되지만, 법카는 그것보다 좀 더 자유롭게 사

용할 수 있다. 법카를 사용할 때는 '내 돈이 아닌 돈'이라는 생
각이 들어 괜히 기분이 좋아지는 것 같다. 하지만 이 법카에 숨
겨진 비밀을 알고 있는가? 회사에서는 이미 당신이 법카로 사
용할 금액을 예측하고 근로계약을 한다는 사실을. 연봉에 법카
사용 금액이 포함되어 있다는 사실을. 법카라고는 하지만 그것
도 내 월급의 일부다.

 근처 병원에서 일하시는 한 직원분의 이야기다. 보통 아침
에 출근하기 전이나 잠시 짬을 내서 분식집에 전화로 주문을
한다. "진미채김밥 하나, 메밀김밥 하나랑 그리고 떡볶이 하
나…… 이러면 2만 원이 안 되나요? 그럼 2만 원에 맞춰서 소
스랑 음료수 넣어주세요." 이 병원은 1인당 1만 원을 식사비로
사용할 수 있나보다. 그래서 1만 원 식대를 꽉 채워 쓰거나 넘
는 금액은 본인이 돈을 지불하고 사 먹는다.

 첫 직장에 입사하고 얼마 안 되었을 때 일이다. 퇴근하고 오
랜만에 친구와 만나 저녁을 먹기로 약속했다. 아침부터 기분이
좋았던 게 티가 많이 났나보다. 퇴근하려고 하는데 이사님이
잠깐 자리로 와보라고 메시지가 왔다. 무슨 일이지? 긴장 반
불안 반으로 이사님 자리로 갔다. 이사님께서 카드 한 장을 내
민다. 이것은 '법카'라고 하며, 저녁에 친구랑 맛있는 걸 사 먹

으라고 했다. 내 생애 최초의 법카였고, 결과적으로 내 손에 쥐일 뻔한 법카였다. 이사님의 말씀에 신입인 나는 당돌하게도 "감사합니다. 하지만 법인카드는 괜찮습니다"라고 사양했다. 옆자리 과장님이 답답해 보였는지 "주시면 그냥 받지 왜 거절했어"라고 거들었지만, 후회하지는 않는다. 그날 친구와 마셨던 술과 안주를 나는 아직 기억한다. 대통주와 바지락술찜. 이것은 법카에 대한 추억일까? 아니면 미련일까? 아직까지 그날을 잊지 못하는 것을 보니 어쨌든 좋은 카드이긴 했나보다.

그때 나는 왜 이사님이 주신 법인카드를 받지 않았을까? 부모님의 사랑이 담긴 엄빠카드, 회사의 신뢰를 보여주는 법인카드, 그런데 그보다 더 좋은 카드가 있다. 바로 내 카드다! 내 카드는 내가 번 돈으로 내가 쓰고 관리하는 카드다. 진정한 경제적 독립을 상징한다. 무엇을 사든, 어디에 사용하든 모든 것이 내 선택이고 책임이다. 때로는 너무 많이 사용하게 되어 무거운 짐이 될 때도 있지만, 이런 경험조차도 나를 더 성숙하게 해준다.

이번 여름에 있었던 일이다. 초등학교 6학년, 아니면 중학교 1학년쯤으로 되어 보이는 앳돼 보이는 여자아이 세 명이 분식집에 들어왔다. 지갑을 얼마나 소중하게 보관하고 있는지 한 명은 지갑에 끈을 연결해서 목에 매고 있었다. 또 한 명은 바지 주머니 속에, 또 한 명은 크로스백에서 한참을 뒤적이더니 지갑을 꺼냈다. 깊숙하게 넣어두었나 보다. 아이들은 각자의 지갑에서 각자의 카드를 꺼내 계산했다. 한 명은 김밥, 한 명은 떡볶이, 또 다른 한 명도 김밥. 각자의 카드를 카드결제기에 집어넣는 모습을 보고 있는데, 아이들이 계산할 때 느끼는 뿌듯함이 나에게도 전해졌다. 자기가 먹는 음식은 스스로 결제하겠다는 자립심이며, 각자 지갑에 챙겨온 카드로 메뉴를 직접 고르고 계산해서 음식을 사 먹는 거라 생각하니 더욱 사랑스럽고 대견해 보였다.

한번은 친구 사이로 보이는 중년여성 두 분이 왔다. 음식을 주문하고 서로 음식값을 내겠다고 한다. 내 앞에 서서 "이걸로 계산해주세요", "아니요, 이걸로 해주세요", "아뇨~ 안돼요. 제 거로 해주세요"라며 서로 친구의 카드를 만류한다. 비슷한 경우가 몇 번 있었는데 이럴 때마다 어떤 카드로 계산해야 할지 난감하면서도 뿌듯하다. 서로에게 밥을 사줄 수 있는 여유와 베푸는 마음까지. 이런 광경은 보기만 해도 참 흐뭇하다.

엄빠카드도 법카도 충분히 매력적이다. '날 사용해줘'라며 뽐내는 그 유혹의 손짓을 외면하기 힘들다. 하지만 제 선택은요

~ '오늘은 내가 한 턱 쏜다!'라고 당당하게 말할 수 있는 카드.
 나를 더 성장시키고 내 삶을 주도적으로 살 수 있게 만들어주
는 그런 카드인 내 카드가 좋다. 나는 앞으로도 내 카드로 당당
하게 살 거다.

오늘의
인생 레시피

엄빠카드, 법카보다 좋은 건 내 카드
그런데 그보다 더 좋은 게 하나 있다.
그건 바로, 남편 카드!

사탕이 전하는
큰 행복

옛날 옛적, 깊은 숲속 마을에 아주 특별한 사탕을 만드는 작은 가게가 있었어요. 쉿! 그 사탕 안에는 먹는 사람을 행복하게 만들어주는 마법의 물질이 들어 있었어요. 사탕을 먹으면 가슴속 깊은 곳에서부터 따뜻한 기운이 퍼지면서, 슬프거나 우울했던 감정이 사라지고 행복한 미소를 짓게 만들어줘요. 그런데 이 사탕은 진심으로 나누는 마음을 가질 때에만 진짜 마법을 발휘해요. 욕심을 부리거나 다른 사람과 함께 사탕을 나누지 않으면 그냥 평범한 사탕일 뿐이었죠.

그런데 어느 날, 한 소녀가 사탕가게에 찾아왔어요. 몹시 슬프고 외로워 보이는 얼굴을 하고 있어, 사탕가게 주인이 소녀에게 사탕을 하나 건네주었어요. "이 사탕을 먹으면 너는 분명 행복해질 거야. 하지만 진정한 행복은 네가 이 사탕을 다른 누군가와 나눌 때 찾아 온단다"라고 하면서 말이죠. 소녀는 사탕을 소중하게 품에 안고 집으로 돌아갔어요. 집으로 가는 길, 소녀는 길모퉁이에서 울고 있는 한 아이를 발견했어요. 아이는 돌에 걸려 넘어졌는데 무릎을 다쳐서 울고 있었어요. 소녀는 사탕을 하나 꺼내 아이에게 건네주었어요. "이 사탕 한번 먹어보렴. 그러면 기분이 좀 나아질 거야."

아이는 금세 웃음이 되찾았고, 소녀의 마음속에서는 따뜻한 기운이 올라왔어요. 그때 소녀는 깨달았어요. 진정한 행복은 나눌 때 더 커진다는 것을요. 그런데, 그거 아세요? 이 사탕은 아직 우리들 주위에 남아 있다는 사실을요!

비가 주룩주룩 오던 어느 여름날, 바로 이 사탕을 나도 받았다. 비가 너무 많이 와서 분식집 문 앞에 우산꽂이도 놓고 물을 흡수하는 발판도 깔았다. 그런데도 바닥은 물로 흥건했다. 손님들이 혹시 미끄러지지는 않을까 염려되어 나는 대걸레를 들고 물기를 수시로 닦았다. 닦고 또 닦았다.

점심시간이 지난 늦은 오후, 짙은 갈색 잠바를 입은 어르신이 분식집에 오셨다. 우산을 쓰고 오셨는데, 잠바는 비에 흠뻑 젖

어 있었다. 어르신은 우산을 우산꽂이에 넣고 내가 있는 카운
터로 다가왔다.

"김밥 포장해주세요."

"어르신, 저희 분식집에는 김밥 종류가 이렇게 많아요" 하며
메뉴판을 보여주었다.

"어떤 김밥으로 드릴까요?"

"햄야채김밥 세 줄 주세요."

"네, 알겠습니다. 여기 잠시만 앉아서 기다려주세요"

어르신께 만 원짜리 두 장을 받아 계산했고, 잔돈도 거슬러
드렸다.

"저기…… 잠깐만……."

"네?"

어르신은 잔돈을 넣은 지갑을 가방 안에 넣고는, 뒤적뒤적 무
언가를 찾는다. 그러고는 이내 무언가를 집어 꺼낸다.

"저기…… 가방에 사탕이 두 개밖에 없네……. 이게 커피사탕
인데 참 맛있더라고. 이거 먹으면서 일해요"라고 말하더니 내
손바닥 위로 커피사탕 두 개를 올려주셨다.

코피코KOPIKO 사탕이었다. 작은 직사각형 모양에 손가락 한
마디만 한 크기다. 겉면은 짙은 갈색으로, 진한 커피를 연상시

키며 표면은 반질반질 윤이 나고 또 단단하다. 그래서 입안에 넣고 천천히 녹여 먹어야 한다. 그러면 커피의 진한 맛이 서서히 퍼진다. 코피코 사탕은 달콤하면서도 진한 커피맛으로 유명해 티브이 광고나 드라마에도 자주 나온다. 인도네시아의 유명한 제과업체에서 만든 제품인데 커피 애호가들 사이에서 특히 인기가 많다. 이 사탕 하나로도 진한 커피맛을 느낄 수 있고 로부스타커피와 아라비카커피 원두에서 추출한 천연 성분이 들어 있어 커피 본연의 맛과 향을 느낄 수 있기 때문이다. 피곤할 때나 집중이 필요할 때 먹는 사탕으로도 유명한데, 〈빈센조〉라는 드라마에도 등장한다. 주인공인 송중기 배우가 일하는 도중에 피곤해 하는 기색을 보이자, 옆에 있던 친구나 동료가 "이거 한번 먹어봐" 하고 사탕을 건네는 장면이다.

나도 이 사탕을 좋아한다. 처음에는 드라마 주인공이 너무나도 맛있게 먹기에 나도 궁금해서 사 먹어봤다. 그리고 사탕의 진한 커피맛에 반해 그 후로 종종 사 먹는다. 그런데 이 사탕을 이곳 분식집에서, 그것도 손님한테 받을 줄은 몰랐다. 대걸레로 물기를 수시로 닦느라 쌓인 피로도 다 잊게 해줄 정도로 어르신이 주신 이 커피사탕 두 개는 나에게 강한 에너지를 주었다. 동화 속에 나온 사탕처럼 따뜻한 마음이 나의 온몸에 전해졌다. 어르신께 "잘 먹겠습니다"라고 거듭 감사인사를 드렸다.

주문한 김밥을 포장해 나갈 때까지 어르신의 따뜻한 나눔으로 깊은 감동을 받았고, 그날의 여운은 며칠 동안 계속됐다.

어르신이 주신 커피사탕 두 개. 이 사탕을 어떻게 할까? 감동받은 기념으로 먹지 않고 잘 보관해둘까 잠시 고민도 했지만 나도 어르신처럼 나누기로 했다. 나는 이미 이 사탕을 먹어본 적이 있으니 주방식구들에게 나누어 주었다. 김밥을 사러 온 어르신이 주셨다는 말도 전하면서. 그 순간 나뿐만 아니라 이 말을 들은 분식집 식구들의 얼굴도 환해지는 것을 느낄 수 있었다. 그래서 진정한 행복은 나눌수록 더 커진다고 말하나 보다.

최근에 30여 명의 지인들에게 선물을 할 일이 있었다. 친목 엠티에 초대받게 되었는데, 나는 그날 오전부터 바쁜 일정 때문에 준비하는 데에 아무런 도움을 주지 못했다. 그런데도 '참석해주시기만 해도 영광이죠!'라는 그 말이 너무 고마웠다. 그래서 빈손으로 가기는 싫고, 나의 마음을 어떻게 전할까 고민하다가 간식거리 몇 가지를 사서 직접 포장하였다. 그리고 메모지에 '감사합니다', '오늘의 주인공은 너', '파이팅!'과 같은 응원의 말과 메시지를 적어 봉투에 붙였다.

간식거리 봉투 안에 어르신이 주셨던 코피코 커피도 넣었다. 아직 내 마음속에 남아 있는 어르신이 나눠주신 따뜻한 마음, 내가 느꼈던 그 고마운 마음을 지인들과 나누고 싶었기 때문이다.

 오늘의
인생 레시피

나누면 나눌수록 기쁨은 배가 된다.

단골손님

　분식집이 처음 오픈했을 때부터 꾸준히 찾아오시는 단골손님
들이 계신다. 지금은 단골손님이지만 처음 만났을 때는 그냥
처음 본 손님이었다. 얼굴을 볼 때마다 익숙해졌고, 비록 처음
에는 손님과 식당 직원의 관계로 만났지만 만나면 만날수록 점
점 관심과 애정도 생겼다. 그저 음식을 사 먹는 사람이 아니라
분식집을 통해 연결된 그런 관계 말이다.
　단골손님이라 해도 처음에는 단순한 호기심에서 분식집에 왔
을지 모른다. 하지만 그 첫 방문에서 느낀 무언가가 마음을 사
로잡아 발걸음이 계속 이어지게 했고 다른 사람들에게 소개도
했을 것이다. 감사하게도 이것은 단골손님에게 이곳 분식집이

의미 있는 장소가 되었다는 것을 뜻한다. 그들의 삶에 분식집이 점점 자리 잡은 것이다. 그러기에 나는 단골손님과의 신뢰를 깨지 않기 위해 더욱 책임감을 느끼며 일한다.

단골손님과의 관계는 시간이 지나면 지날수록 깊어진다. 처음에는 가볍게 인사하는 정도였지만, 지금은 그분들이 몇 시에 전화하는지, 몇 시쯤 분식집에 방문하는지, 어떤 메뉴를 주문할지 알아서 척척 미리 미리 준비하는 센스도 생긴다.

그래서 단골손님들에게 매일 감사함을 느낀다. 그들이 강남역 분식집을 더욱 특별한 장소로 만들어주었고, 내 일상의 소중한 부분이 되어주었기 때문이다. 오늘도 어김없이 찾아오는 것을 보면서, 아 오늘도 내가 잘 살고 있구나 하는 확신도 생긴다. 따로 표현하지는 않았지만 이렇게 지속적으로 찾아오는 것이야말로 가장 큰 칭찬이라고 생각한다.

그분들에게 '여러분이 있기에 강남역 분식집과 저는 매일 매일이 특별해집니다'라고 내 마음을 전하고 싶다. 나는 앞으로도 그분들과의 관계를 소중히 여기고, 그분들을 행복하게 해줄 수 있는 음식을 전할 것이다.

블랙핏의 파마머리

사계절을 지켜보았는데 이분은 매일이 올 블랙핏이다. 분식집에 올 때마다 다른 색상의 옷 입은 것을 본 적이 없다. 신발도, 바지도, 양말도, 티셔츠도 블랙이다. 거기에 헤어스타일이 중단발의 파마머리인데, 내가 봐도 컬이 참 예쁘게 나왔다. 검은색 머리인데도 윤이 나는 그 머릿결이 참 부럽다.

그런데 여기서 반전이 있다. 이분은 참고로 남성이다. 방문 초반에는 배달앱에서 불고기김밥을 포장주문하고 찾으러 오셨다. 일정한 시간에 같은 메뉴만 시켜서 불고기김밥이 적힌 주문서가 들어오면 '아 주문하셨구나!' 하고 바로 알아차릴 수 있었다. 그런데 최근에는 불고기김밥과 새우튀김이 들어간 김밥을 번갈아가며 주문하신다. 그리고 이제는 배달앱으로 주문하지 않고 분식집에 와서 직접 포장주문을 하신다. 번호로 음식이 나왔다고 알려줄 때까지 담배를 피우면서 기다린다. 아! 그런데 최근 헤어스타일이 바뀌었다. 앞머리는 중단발의 펌이 그대로 있는데, 뒤통수 쪽은 시원하게 밀었다. 심경의 변화가 있으셨나? 궁금하긴 하지만 물어보지는 않았다. 이분은 이곳 분식집에 오는 단골손님 중 내가 꼽은 베스트 패셔니스타이다.

오이 많이 주세요

오이에는 쿠쿠르비타신이라는 화학물질이 들어 있다. 오잇과 식물의 여러 종에 포함되어 있으며, 쓴맛과 독특한 향을 낸다. 그런데 사람마다 이 화합물의 냄새를 다르게 느낄 수 있어 냄새에 민감한 사람들은 이 오이의 향을 싫어한다. 그래서 강남역 분식집에서 김밥을 주문한 손님 중에 "오이 빼주세요"라고 요청하는 경우가 많다. 그런데 이분은 메밀김밥을 늘 주문하면서 "오이 많이 넣어 주세요"라고 하신다. 오이를 참 좋아하시나 보다. 매번 오이를 많이 넣어달라고 하기가 미안했는지 오이 추가 옵션을 따로 만들어주면 안 되겠냐고도 말씀하였다. "괜찮아요~. 그냥 맛있게 드셔주세요" 하고 웃으며 말하는데, 오이 많이 넣어달라고 부탁을 하면서도 멋쩍나보다. 이분의 표정이 참 친근하고 포근하다. 이제는 주방에서도 이분이 올 때쯤 주문서에 메밀김밥이 뜨면 "오이 많이?"라고 물어보신다. 하하, 오이 단골이다.

매콤어묵김밥 두 개

시원하게 민 스포츠머리에 뒤에 한 가닥 꼬랑지를 남겨두신 이분, 강단 있는 모습에 전문가 포스가 뿜뿜 느껴진다. 반년 전부터 강남역 분식집에 들르시는 손님인데 첫인상부터 강렬했다. 보통 포장을 하는 경우에는 밖에 있는 키오스크에서 주문하고, 먹고 갈 경우에는 테이블오더에서 주문한다. 그런데 이분은 지금까지 단 한 번의 망설임도 없이 곧장 카운터로 오신다. 처음에는 "매콤어묵김밥 두 줄이요"라고 하셨는데, 시간이 지나면서 그냥 "두 줄이요" 하다가 지금은 손님이 오시면 내가 먼저 "오늘도 두 줄 드릴까요?"라고 말하며 손가락으로 V를 보여주는 사이가 되었다.

수요일엔 일 안 해요

매번 병원 유니폼을 입고 오시는데 아마도 근처에서 일하는 것 같다. 그리고 아침에 잠깐 짬을 내어 전화하는 것 같다. "안녕하세요. 김밥 포장주문하려고 하는데요, 묵은지참치키토김밥에 소스랑 단무지는 빼고 한 시까지요. 감사합니다." 매번 같은 내용과 인사지만 전화기에 소스X, 단무지X라고 저장해둔 그녀의 번호가 뜰 때마다 내심 반갑다. 보통 김밥 한 줄을 미리 포장해둘 때는 안에 김밥과 젓가락을 넣고 내용물이 빠지지 않도록 봉투 입구를 꽉 묶는다. 그런데 그녀는 묶어둔 봉투의 매듭을 풀어서 가지고 간다. 그 모습을 본 이후로는 나도 그녀가 주문한 김밥의 봉투는 묶어두지 않는다. 그녀의 생활습관이 나에게 각인된 것 같다. 월화목금. 수요일에는 전화를 하지 않기에 한번은 궁금해서 물어봤다. 무턱대고 수요일은 왜 안 오시냐고 물을 수 없으니 "혹시 토요일도 근무하세요?"라고 물어보았다. 그랬더니 "네. 수요일, 일요일은 쉬고 토요일은 근무해요"라고 하셨다. 아…… 수요일은 쉬는구나!

갈색머리 그녀

아침 출근길에 들러 김밥을 포장해 가는 갈색 파마머리의 여성손님이 있다. 20대 후반 아니면 30대 초반의 젊은 나이인 것 같은데 비 오는 날도, 눈 오는 날도 들러주는 참 고마운 분이다. 한번은 커트머리의 여성분과 같이 오셨다. 친구 아니면 직장동료로 보였다. 이렇게 몇 번 두 분이 같이 오더니 커트머리의 여성도 이곳 분식집의 단골이 되었다. 출근시간에 맞춰 회사에 들어가기도 바쁘고 피곤할 텐데 분식집 오픈시간에 맞춰 부지런하게 찾아와주는 마음이 고맙고 또 다른 손님을 소개해줘서 감사하다. 그래서 그녀가 오는 시간이 되면 나는 가끔 오픈서비스로 소스를 챙겨드린다. 그런데 과연 그녀에게 이런 내 마음이 전해졌을까?

다시 돌아왔어요

단골손님에 대한 글을 쓰기로 결심하면서, 이 손님에 대해 꼭 쓰고 싶었다. 아쉬움이 있고, 또 어떻게 지내는지 궁금했기 때문이다. 근처 회사에 다니는 직장인인 것 같다. 정돈된 헤어에 안경, 와이셔츠를 입고 늘 정장차림으로 강남역 분식집이 개업했을 때부터 계속 온다. 그리고 이곳 분식집 오픈시간이 열 시인데 그전에 오실 때도 있다. 그럴 때면 문밖에서 기다리고 있는데, 나는 추우니까 또는 더우니까, 비가 오니까 안으로 들어와 계세요라고 말한다. 주문하는 메뉴도 늘 한 가지. 오전 9시 50분에서 10시 사이에 주문서가 들어오고 묵은지참치김밥 계란베이스라고 쓰여 있으면 바로 그 손님이다. 식당 오픈 전부터 기다리셨다가 주문하는 모습을 보며 서비스도 몇 번 드렸는데, 본인이 주문한 게 아니라며 다시 돌려주려고 한 적도 있었다. 그러다가 서비스 스티커를 발견하곤 아! 감사하다고 끄덕이며 가신다. 그런데 언제부턴가, 여름쯤이었을까 갑자기 발길이 뚝 끊겼다. 처음에는 출장 가셨나? 휴가 가셨나? 궁금했다가 그 기간이 길어지니 아쉬움이 남았다. 그런데 바로 어제, 정말 신기하게도 그 손님이 다시 분식집에 찾아왔다. "사장님~ 저 다시 돌아왔어요!" 하고 말이다. 알고 보니 지방출장을 길게 다녀왔다고 한다. 아쉬움으로 남을 뻔했던 단골손님이 다시 돌아왔다.

안녕하세요. 강남역 분식집입니다.

저희 분식집에 항상 찾아주시고 변함없는 애정과 성원을 보내주시는 손님들 모두 진심으로 감사합니다.

처음 방문하셨을 때부터 지금까지 이어져온 관계가 저희에게는 매우 소중한 자산입니다.

찾아주실 때마다 저희는 손님들의 신뢰에 부응하기 위해, 더 나은 음식과 서비스를 제공하기 위해 노력합니다. 손님들의 피

드백과 관심이 있었기에 저희가 여기까지 성장했고, 지금 이
자리에 있게 되었습니다.

이 글을 통해 다시 한 번 진심을 담아 감사인사를 드립니다.

앞으로도 저희 분식집과 함께 좋은 추억 쌓아가시길 바라며,
늘 따뜻한 마음으로 맞이하겠습니다.

감사합니다.

– 강남역 분식집 일동 –

오늘의
인생 레시피

꼭 쥐고 있어야만 내 것이 되는 것은
진짜 내 것이 아니다.
잠깐 놓았는데도 내 곁에 머무르는 사람이
바로 내 사람이다.

내 인생의
레모네이드

시련을 느끼거나 방황할 때마다 떠올리는 명언이 하나 있다. 이 명언을 소리 내어 몇 번 읽다 보면 이내 마음이 차분해진다. 데일 카네기가 남긴 수많은 명언 중 하나로, 내 인생에 큰 영향을 주었다.

"운명이 너에게 레몬을 주었다면, 레모네이드를 만들어라 (When fate hands you a lemon, make a lemonade. Make the best out of every situation)."

주어진 상황에서 긍정적인 태도를 가지고 최선을 다하라는 뜻이다. 상황이 너무 절망적이어서 포기하고 싶은 순간도 있겠지만, 그 순간을 극복하면 더 나은 결과를 얻을 수 있다는 얘기다.

 미국 플로리다의 어느 농부에게 자기 소유의 농장이 있었다. 그런데 그 농장의 땅은 토질이 매우 좋지 않았다. 너무 메말라서 어떤 식물과 가축도 키울 수 없었다. 그 땅에 사는 생물은 오직 방울뱀뿐이었다. 농부는 방울뱀을 보면서 좌절했다. '아…… 도대체 내가 이 땅에서 할 수 있는 것이 무엇일까?' 그런데 문득 그에게 좋은 아이디어가 떠올랐다. '그래, 나한테 방울뱀밖에 없다면 이 방울뱀을 활용해보자!' 그래서 농부는 이 방울뱀을 잡아 통조림으로 만들었다. 그런데 방울뱀이 맛도 좋고 건강에도 좋다는 소문이 나면서 불티나게 팔리기 시작했다. 여기서 멈추지 않고 그는 방울뱀의 독으로 화장품 성분을, 그리고 방울뱀 가죽으로 구두와 가방을 만들었다. 결국 농부는 큰 부자가 되었고, 그의 농장이 있는 마을은 방울뱀 마을이라 불리게 되었다.

 실제로 있었던 이야기이다. 만약 내가 저 농부의 땅을 가지고 있었다면 어떻게 했을까 생각해보았다. 일단 방울뱀이 무서워서 도망을 다녔을 것이다. 그리고 뱀을 없애기 위해 포획꾼을 불러 모조리 잡았을 것이다. 그런데 그렇게 했다면 아마 농장은 더욱 황무해져서 사막이 되지 않았을까 싶다. 실화 속 농부는 사람들이 무서워하고 기피하는 방울뱀에서 기회를 포착해 인생역전을 한 것이다.

농부처럼, 나도 어쩌다 분식집에서 일을 하게 되었지만 분명 그것에는 이유가 있을 것이라고 생각한다.

돈? 그래, 돈이 필요했다. 그러나 사실 남편이 고맙게도 회사에서 성실하게 일하고 월급도 꼬박꼬박 가져다주니 돈이 아주 급한 것은 아니었다. 있으면 있는 대로 없으면 없는 대로 살면 된다는 생각이었기에 돈 때문에 일을 하고 싶은 마음은 별로 들지 않았다. 만약 내가 돈 때문에 일을 구했다면 분식집이 아니라 돈을 더 많이 주는 곳에서 일했을 것이다. 물론 돈을 벌면 생활비에 보태서 사용할 수 있고, 가족들에게 더 맛있는 밥을 해주고 외식도 할 수 있다. 시간이 없어서 그렇지 원하면 언제든지 여행도 갈 수 있다. 당당하게 내 카드를 사용해서 친구들에게 밥도 살 수 있고, 아들에게 멋진 운동화도 사줄 수 있다. 그러나 돈이 나에게 궁극적인 목표는 아니었다.

경험? 이건 어느 정도 일리가 있다. 40년 인생 중 나는 단 한

번도 내가 요식업 관련 일을 하게 될 줄 몰랐다. 맛집을 찾아다니는 것을 좋아하고, 요리 레시피를 찾아보고 맛있게 음식을 만드는 것은 좋아한다. 그리고 내가 만든 음식을 가족이나 지인이 맛있다고 하며 남기지 않고 먹는 것을 보면 너무 행복하다. 나는 맛있는 음식을 먹는 것도 좋아하지만, 내 요리를 다른 사람이 행복하게 먹는 걸 보는 게 더 좋다. 하지만 그게 끝이었지 식당을 해보고 싶다는 생각은 한 번도 해보지 않았다. 내가 어쩌다 분식집에 들어오게 된 이유도 분식집은 어떻게 운영이 되는지, 어떤 레시피와 노하우가 있는지 배우고 싶어서였다. 그래서 분식집 오픈 전 한 달 동안 김밥과 분식의 레시피를 외우며 익혔고 본사에 가서 김밥을 마는 법과 주방에서 분식 메뉴 만드는 것을 배웠다.

한번은 분식집 대표님이 사람의 운에 대해 이야기해주신 적이 있는데 대표님 자신의 운도 바뀌어 이렇게 강남역에 분식집을 차리게 되었다고 말씀하셨다. "내가 왜 갑자기 분식집을 차렸냐고……." 그 말에 주변에 있던 모두가 크게 웃었다. 대표님? 분식집? 갑자기 뜬금없는 연결고리였기 때문이다. 물론 나름의 큰 그림이 있지만 말이다. 나도 그 옆에서 한마디 더했다. "저도 제가 왜 김밥을 말고 있는지 모르겠어요." 하하하. 웃음소리가 더 커졌다. 사실 전날 나는 본사 교육에 다녀왔다. 아들

의 소풍 도시락은 싸보았지만 김발 없이 김밥을 말아본 적도,
그렇게 재빨리 내용물을 외워가며 빠짐없이 말아본 적은 없었
다. 아침부터 저녁까지 휴게시간 빼놓고 하루 종일 김밥을 말
아본 적도 처음이었다. 뭐 사실 김밥 말 때는 아무 생각이 들지
않았다. 주문이 쉼 없이 들어오니까 나도 쉼 없이 김밥을 말아
야 했기 때문에 무슨 생각을 할 여유가 없었다. 그런데 마감시
간이 다가오니 이런 생각이 들었다. '내가 지금 여기서 뭐 하고
있는 거지…….' 다름 아닌 현타(현실 자각 타임)가 온 것이다. 지
금 다시 그때를 떠올려봐도 웃음이 난다. 아무런 생각과 의심
없이 '그래! 한번 해보자!' 하고 용기와 오기로 견뎠던 그날 말
이다.

 분명 나는 이곳 분식집에서 일을 하면서 김밥 마는 법, 분식
메뉴를 효율적으로 시간 분배해서 만드는 법과 칼질도 배웠
다. 그리고 효율적으로 설거지를 하고 물기를 닦는 법도 배웠
다. 또 테이블오더와 키오스크에 이미지를 넣고 메뉴를 추가하
고 변동하고, 또 배달앱에 입점하는 방법과 리뷰이벤트, 리뷰
를 관리하는 법 그리고 손님의 주목을 끌기 위해 광고하는 법
까지. 재료를 어디서 구매하고 관리는 어떻게 해야 하며 재고
를 파악하고 관리하는 법까지 말이다. 그리고 매출과 식재료
구입비를 관리하고 분식집 메뉴 하나하나의 원가 계산까지 말

이다. 하나하나 나열하자면 쓸 것이 너무 많지만 간략하게 여기까지만 적겠다. 아, 하나만 추가하자. 손님 응대법과 돌발상황에 대응하는 법까지 말이다. 이런 경험을 어디서 해볼 수 있을까? 혹독하게 단기간에 배울 수 있는 곳은 별로 없을 거라고 생각한다.

사람? 사람이 좋아서? 사람과 만나는 것을 좋아해서? 그렇다. 이곳에서의 근무는 내가 지금까지 맺어온 관계에서 한 걸음 더 나아가 불특정 다수와의 인간관계를 확장시켜주었다. 분식집 구인을 위해 지원서와 면접을 보면서 놀란 것도 있고, 또 배운 것도 많다. 사람들과 일을 같이 하면서 아 이럴 수도 있구나 하고 이해가 아닌 인정을 하게 되었고, 다양한 손님들을 보면서 내가 지금까지 몰랐던 사람들에 대해 보고 느낄 수 있었다. 한마디로 사람에 대해 많이 배울 수 있었다.

그러나 나는 여기서 멈출 수 없었다. 지금 돈도 벌고 있고, 경험도 쌓고 있고, 또 사람에 대해서 배우고 있지만 가슴 한구석이 텅 빈 것 같다. 분식집은 이른바 '자기 발전'에 대한 나의 빈구멍을 채워주진 않았다. 지금까지 살아온 날보다 앞으로 살날이 더 많기에 단정할 수는 없지만 적어도 수년 안에 내가 진짜 하고 싶은 일에 요식업은 없다. 그래서인지 휘발유 자동차에 경유를 넣고 있는 듯한, 나에게 맞지 않은 옷을 입고 있는 느낌에서 벗어날 수가 없다.

그래서 내가 선택한 것은 글쓰기다. 나는 나의 레모네이드를 만들기 위해서 빨간색 수첩에 떠오르는 생각을 적었다. 나의 경험을 적었고, 하고 싶은 일에 대해 적었다. 지금은 빨간색 수첩을 다 쓰고 초록색 수첩에 메모하고 있다. 지금은 책상에 앉아 강남역 분식집에서의 경험과 잔상들을 컴퓨터에 적고 있다. 나의 허전했던 빈자리를 이렇게 채우고 있는 중이다. 아직까지 나의 레모네이드는 아직 완성되지 않았다. 하지만 예전에는 레몬을 손으로 꾹꾹 눌러 짰다면 지금은 믹서에 넣어 갈고 있는 중이다. 나의 레모네이드를 완성시킬 때까지 비록 실패할 때도 있겠지만 나는 주저하지 않고 오늘도 내 길을 갈 것이다.

오늘의
인생 레시피

이미 잘 포장되어 있는 길보다
내가 만들어가는 길이 좀 더 흥미롭지 않
겠어?

비움과
채움

분식집 메뉴판은 빼곡하다. 김밥, 떡볶이, 라면부터 오므라이스, 볶음밥, 돈가스, 돌솥비빔밥까지 다양한 음식들이 빼곡히 적혀 있다. 20대 대학생활을 거쳐 30대 직장생활을 하기까지 내가 다녔던 분식집 대부분은 메뉴가 50가지가 넘었다. 분식집 벽면에 붙은 메뉴들을 보면 이곳이 마트인지, 누가, 저걸, 어떻게 다 요리하지 하는 의문도 든다.

분식집 메뉴판은 다른 식당과 다르게 다채로운 편이다. '이 메뉴 한번 팔아볼까?' '저 메뉴는 반응이 좋을까?' 하며 하나씩 추가되다 보니 어느새 메뉴판을 빼곡하게 채우게 된 것이다. 문득 이런 생각도 든다. 저 모든 음식들이 과연 손님들에

게 다 필요할까? 어떤 메뉴는 하루에 한 번도 안 팔릴 수도 있
는데 말이다. 그럼에도 새로운 메뉴는 계속 늘어간다. 떡볶이,
김밥, 라면처럼 메뉴판의 메인 자리를 지키고 있는 음식도 있
지만 눈길이 전혀 가지 않는 음식도 있다.

이와 관련된 일화가 있다.

옛날 옛적 한 선비가 유명한 스님에게 배움을 청하러 갔다.

"스님, 제가 부족한 것이 많아 스님께 큰 가르침을 받고 싶습
니다."

선비는 자리에 앉아 자신의 이야기를 늘어놓기 시작했다. 스
님은 선비의 이야기를 묵묵히 들으며 찻잔에 차를 따라 주었
다. 자신의 지식을 한참 자랑하며 이야기하던 선비가 자신의
찻잔을 내려다보니, 차가 이미 가득 차 있는데도 스님께서는
계속 차를 따르고 있었다.

"아니 스님, 잔에 차가 넘치지 않습니까? 왜 이렇게 넘치도록
따라 주시는 겁니까?"

그제야 스님은 고개를 들어 선비를 바라보며 말했다.

"잔을 비워야 채울 수 있는 법일세. 자네는 내게 가르침을 달
라고 하면서 계속 자신의 이야기만 하고 있으니, 내 말이 들어
갈 곳이 없지 않나. 자네의 잔이 이미 가득한데 내가 어떤 말
을 한들 내 말이 자네 마음속에 들어가겠는가? 찻잔은 비워야

따를 수 있고, 마음도 비워야 배울 수 있는 법일세."

강남역 분식집의 메뉴를 세어보니 대략 서른 개가 넘는다. 그동안 추가된 김밥만 해도 세 가지다. 들어간 재료나 사리가 추가되어 새로운 메뉴도 생겼다. 시즌메뉴도 있다. 여름에는 흐르는 땀까지 쏙 들어가게 할 만한 시원한 음식, 겨울에는 마음속까지 따뜻하게 해주는 음식. 거기다 트렌드를 반영해서 손님들이 좋아할 만한 음식까지 추가되니 서른 개가 넘는다.

그래도 다행히 메뉴가 더해지기만 하는 것은 아니다. 사라지는 음식도 있다. 최근에 잠봉햄이 들어간 김밥을 메뉴판에서 내렸다. 잠봉햄이 들어간 김밥이 생긴 시기는 잠봉샌드위치가 맛집 프로그램에 소개된 다음부터다. 이전에는 '햄이 거기서 거기지 뭐가 특별나겠어?'라고 여겼다면, 방송 이후로 프랑스인과 세계 미식가들이 즐겨먹는 샌드위치에 들어간 햄은 도대체 뭘까 하고 궁금증을 안겨주었다. 잠봉샌드위치는 바삭한 바게트 빵에 버터와 잠봉뵈르햄을 넣어 만든다. 잠봉은 프랑스식 햄인데, 돼지고기를 소금에 절여 건조시키고 숙성한다. 그리고 얇게 썰어 버터와 샌드위치에 넣는데 조금 짭짤하면서도 고기의 풍미가 강하며 부드러운 것이 특징이다. 처음 이 햄을 넣은 김밥을 강남역 분식집에서 팔았을 때 손님들의 반응이 좋았다. 나도 한동안 점심식사로 이 김밥만 먹을 정도였으니까 말이다. 샌드위치에만 들어가는 줄 알았던 고급 햄이 분식집에서, 그것도 김밥으로 간단하게 먹을 수 있어 더 인기가 있었던 것 같다. 햄 색깔에 맞춰 붉은색, 초록색 채소와 조화되어, 이왕이면 다홍치마라고 보기에 예쁜 김밥이다. 잠봉뵈르햄과 적양배추, 치커리와 할라피뇨. 이들의 조합은 눈으로만 봐도 참 맛있어 보였다.

그런데 이 김밥을 메뉴판에서 뺀 계기가 있다. 바로 잠봉햄의 품질 때문이었다. 잠봉햄 제조과정은 다른 햄에 비해 복잡하기 때문에 대량으로 만들어서 판매하는 곳이 드물다. 그리고 샌드위치에는 얇게 썰어 넣지만 김밥에는 두툼하게 통으로 들어간다. 그러니 김밥에 들어가는 잠봉햄을 만드는 곳은 더욱 드물다. 처음에는 살코기와 비계의 비율이 적절해서 부드러우면서도 고소하게 씹히는 맛이 있었는데, 날이 갈수록 비계의 양이 더 늘어났다. 통으로 납품되는 잠봉햄은 보통 성인 팔뚝 두 개만 한 크기와 두께인데, 여기에 비계 비율이 60퍼센트가 넘는 것이었다. 그러다보니 햄의 맛도, 김밥의 맛도 자연스럽게 느끼해졌다. 그래서 특단의 조치를 내렸다. 손님들께 맛과 질이 떨어지는 김밥을 파느니 그냥 메뉴에서 빼자는 의견이었다. 그래서 강남역 분식집에 잠봉햄이 들어간 김밥은 이젠 없다.

다행히 잠봉김밥을 대신할 김밥이 생겼다. 그것은 바로 새우튀김이 들어간 김밥이다. 사장님이 다른 김밥집에 갔다가 새우튀김김밥을 드시곤 "우리도 이 메뉴를 판매해보자!"라고 하셨다. 그래서 대전에서 온 무림고수가 새우의 종류, 반죽과 튀김의 익힘 정도, 들어가는 재료와 소스까지 수일을 고민해서 만들어냈다. 지금? 새우튀김이 들어간 메뉴가 판매량 탑을 찍는다. 역시 비움이 있어야 채울 수도 있나 보다.

며칠 전 분식집에서 같이 일하는 알바 친구의 얘기다. 이 친구는 분식집 알바가 끝나면 카페에 또 일하러 간다. 그런데 거기서 파는 음료와 케이크, 쿠키가 맛이 없는데도 그냥 판다는 것이었다. 그러면서 본인이 신메뉴 개발을 위해 이런저런 디저트를 만들어봤다고 했다. 요즘 넷플릭스 〈흑백요리사〉 '편의점 편'에서 밤티라미수가 우승했는데 카페에서 팔기도 좋을 것 같아 가게에 있는 재료로 응용해서 만들어봤다고 한다. 그리고 같이 일하는 직원들도 맛을 보고는 다들 맛있다고 했는데 누가 반대하는 건지 몰라도 가게에서 못 팔게 하더라는 것이었다. 한마디로 왜 카페에서 팔 수 없는 건지 이해를 할 수 없다는 하소연이었다.

메뉴 추가라는 게 쉬운 결정이 아니라는 것을 알기에 웃음이 피식 나왔지만, 서운해하고 허탈해하는 알바 친구의 모습을 보니 차마 이유를 말할 수 없었다. 메뉴 하나를 만들려면 들어가는 재료와 원가, 구입처, 단가를 분석해야 하고 이를 기반으로 판매가를 책정해야 한다. 그리고 누가 만들어도 같은 맛을 유지해서 판매할 수 있는 레시피가 필요하다. 나아가 신메뉴 홍보 방법과 마케팅 전략 등 고려해야 할 것이 한둘이 아니다. 알바 친구에게는 "그냥 메뉴 하나를 만드는 데에도 고려할 게 많아서 그런 걸 거야. 새로운 아이디어를 떠올리고 뭔가를 하려고 하는 네 모습은 정말 대단해. 너처럼 노력하는 사람도 찾기 드물어"라고 말해주었다. 다행히 이 말에 알바 친구는 용기를 얻은 것 같았다.

비움. 비우면 비울수록 필요한 것만 남고, 남아있는 것에 대한 소중함을 알 수 있다.

채움. 어떤 것이 중요하고 가치가 있는지를 판별하여 채움으로써 내 삶이 더 탄탄해질 수 있다.

비우는 과정과 채우는 과정은 쉽지 않다. 나에게 익숙한 것들과 작별해야 하는 두려움도 생긴다. 또 어떤 것을 비울지 분별하는 과정에서 중요도를 고민하게 되고, 필요한 것을 채우려고 할 때 지혜와 경험이 생긴다. 이러한 비움과 채움의 과정을 반

복하면서 얻는 삶의 진리는 무엇과도 바꿀 수 없는 가치를 지
닌다.

 분식집 메뉴판도, 인생도 때때로 비워야 하는 순간이 있고 또
채워야 하는 순간이 있다. 이 둘은 서로 분리되어 있는 것이
아니라 서로 보완하면서 더욱 완전해진다. 나의 인생 레시피도
비움과 채움을 통해서 더 단단한 나를 만들어간다.

오늘의 인생 레시피	비울 땐 비우고
	채울 땐 채워야 한다.

그리운
돈의 온기

　내가 분식집에 출근해서 가장 먼저 하는 일이 있다. 그것은 바로 돈 세기! 전날 영업 마감 후 남은 금액을 확인하고 오픈 전 시재 금액을 확인하는 일이다. 1만 원, 5천 원, 1천 원, 500원, 100원, 다 합쳐서 20만 원이다.

　지폐의 액수를 계산하고 동전의 개수를 확인하다 보면 묘한 시간의 냄새가 난다. 바로 돈 냄새다. 딱히 무어라고 표현할 수 없는 그런 냄새다. 여러 사람의 손을 거쳐간, 오랜 시간이 주는 그런 냄새다. 요즘은 돈보다 신용카드를 많이 사용해서인지 어떨 때는 이 냄새가 그립다.

어렸을 적 퇴근한 아빠는 호주머니에서 동전을 꺼내 주시곤 했다. 잔돈이 생기면 양복 호주머니에 모아두었다가 퇴근 후 나와 동생들에게 용돈으로 나눠 주셨던 거다. 나는 첫째니까 500원, 동생들은 100원. 누가 얼마 받았을까, 왜 큰누나는 돈을 더 많이 받느냐고 동생들과 알콩달콩 싸우기도 했다. 액수를 확인하자마자 나는 이 동전들을 방 안에 있는 빨간색 돼지저금통에 넣는다.

돼지저금통에 동전을 넣으면 소리가 난다. 저금통을 흔들면 둔탁한 동전들이 서로 부딪히면서 짤랑짤랑 소리를 낸다. 저금통에 돈이 얼마큼 들었는지는 무게와 소리로 알 수 있다. 새 저금통에 동전 하나를 넣고 흔들면 빈 공간에 부딪혀 맑고 경쾌한 짤랑 소리가 나지만 지폐와 동전이 차오를수록 덜컹덜컹 묵직한 소리가 난다. 그러다가 이 소리조차 안 나게 되는 순간이 오면 이제는 돼지저금통 배를 갈라야 한다는 신호다. 커터칼로 배를 가를 준비를 해야 한다. 그때는 내가 칼을 사용하기엔 좀 어린 나이였기 때문에 엄마의 도움이 필요했다.

내가 신문지를 바닥에 펼쳐두면 엄마가 돼지저금통의 입부터 꼬리부분까지 일자로, 또 몸통을 반으로, 저금통의 배를 십자 모양으로 갈라주셨다. 그리고 돼지저금통을 거꾸로 들어 흔들면 신문지 위로 동전과 지폐가 와르르 쏟아진다. 이 돈들은 지금까지 내가 모았던 노력의 보상이자 추억이었다. 또 돈을 세는 과정이 얼마나 즐거웠는지 모른다. 한참이 지나도록 돈을 세고 또 세었지만 하나도 힘들지 않았다. 과연 얼마나 모았을까? 동전으로 탑을 쌓으면서 설렜다.

지금은 지폐와 동전을 사용하는 일이 거의 없다. 내 지갑만 열어봐도 알 수 있다. 카드 수납공간에는 운전면허증과 체크카드, 그리고 두 장의 신용카드와 회원카드로 꽉 차 있다. 그럼 지폐 넣는 곳에는? 1만 원, 아니면 1천 원. 어떨 때는 카드영수증만 들어있을 때도 있다. 그리고 스마트폰만 있으면 송금도 카드결제도 다 가능하다. 빨간색 지갑이 부와 행운을 가져다주고, 재물운이 좋아진다는 미신이 있다. 그래서 나에게는 남편이 생일날 사준 빨간 지갑이 있다. 그런데 이제는 지갑에 돈을 넣을 일이 별로 없으니 다음번에는 스마트폰을 빨간색으로 바꿔야 하나 싶다.

지난달, 지인들과 호프집에서 치킨과 맥주를 먹다가 로또 이야기가 나왔다. 지인 중 한 명이 호프집에 오기 전 로또를 샀다고 이야기했다.
"어디서 샀는데?"
"요 옆에 바로 복권판매점이 있어. 여기서 1등도 나왔데."
"그래? 기다려봐. 나도 잠깐 다녀올게. 로또 사가지고 와야겠다" 하고 가방 속에 있는 지갑을 주섬주섬 챙겼다. 어머? 지갑을 열어보니 돈이 없다. 정확히 말하자면 현금이 없다.

"카드결제 되나?"

"당연히 안 되지!"

웃지 못할 해프닝이다. 결국 지인 중 한 명이 돈을 빌려줘 로또를 살 수 있었다.

어릴 적 엄마는 집 앞 슈퍼에서 콩나물과 두부를 사오라는 심부름을 보내곤 했다. 5천 원짜리 지폐 하나를 손에 쥐어주고는 거스름돈과 잔돈 잃어버리지 말고 잘 챙겨오라며 신신당부도 했다.

그런데 지금은? 아이에게 콜라 한 병 사오라고 마트에 심부름 보내면서 체크카드를 하나만 달랑 챙겨준다. 이거 하나면 다 되기 때문이다. 콜라가 얼마인지 금액을 알 필요도 없고, 잔돈으로 얼마를 받아야 하는지 몰라도 된다. 카드 한 장만 있으면 바로 결제가 끝난다. 혹시나 카드를 잃어버리면 분실신고를 하고 재발급 받으면 되기 때문에 크게 걱정할 이유도 없다. 아이 용돈을 줄 때도 통장으로 바로 돈을 입금해준다. 전용 체크카드를 만들고 그 계좌로 직접 돈을 입금해준다. 그러니 지갑에 돈을 넣고 다닐 이유도, 얼마나 들어 있는지도 지갑 주인인 나도 잘 모른다.

요즘은 친구와 같이 밥을 사 먹을 때도 더치페이로 계산한다. 각자 먹은 만큼, 각자의 카드로 계산한다. 심지어 결제할 때 더치페이를 할 수 있는 기능도 생겼다. 아니면 한 명이 계산을 하고 그 금액을 바로 스마트폰으로 송금해준다. 예전에는 월급날이 되면 봉투에 현금을 담아 주었다는데, 지금은 은행 어플 속 숫자로 급여가 들어온 것을 확인할 수 있다. 물건을 살 때도, 택시를 탈 때도 스마트폰만 있으면 만능이다. 이 모든 과정에서 지폐와 동전이 사라져가고 있다.

사실 이곳 분식집에서도 현금을 사용할 일이 거의 없다. 키오스크나 테이블오더로 주문을 하기 때문이다. 그리고 신용카드나 스마트폰에 저장되어 있는 페이 기능을 주로 사용한다. 거기다 계좌이체도 가능하니 현금을 볼 일이 거의 없다. 그럼에도 아침마다 현금 시재 20만 원을 채워놓는 이유는 어쩌다 한번 현금으로 결제하는 손님이 있기 때문이다. 이 경우는 대부분 외국인 손님으로 "김밥 얼마예요?"라고 물어보며 봉투 안에서 현금을 꺼낸다. 한국에 오면서 돈을 환전한 모양이다. 이럴 경우에만 지폐와 동전을 볼 수 있다.

그래서인지 지갑의 두툼한 모습이 새삼스럽게 느껴진다. 카드와 스마트폰만 있으면 손쉽게 결제를 할 수 있어 현금을 가지고 다닐 필요를 못 느낀다. 하지만 가끔은 지폐를 손에 꼭 쥐던 시절, 동전을 세어보던 그 감촉이 그리울 때가 있다.

부모님이 주시던 용돈, 또 명절 때 받았던 세뱃돈. 이렇게 받은 돈으로 무엇을 살까 고민하며 돼지저금통에 넣었던 시절이 있었다. 그런데 지금은 카드와 스마트폰으로 용돈을 받으니 현금을 받았던 그때만큼 설렘이 없다. 눈에 보이는 것은 그저 숫자일 뿐, 현실감도 떨어진다.

학교 친구들과 책상 위에서 100원짜리로 동전 따먹기를 했던 때도 있었다. 어쩌다 장롱 밑으로 동전이 들어가면 긴 막대기로 꺼내보겠다고 바닥을 휘휘 저었던 적도 있었다. 냉장고 밑에 손을 집어넣고 바닥을 더듬을 일이 이젠 없다. 어릴 적 할머니가 나한테만 주는 용돈이라며 주머니 속에 몰래 넣어주셨던 일도 더 이상 없다. 돼지저금통에 모아두었던 용돈으로 자전거를 사던 설레는 기분도 이젠 느낄 수 없다. 돈으로 생겼던 일상들이 이제는 추억이 되어버렸다.

돈을 주고받는다는 것은 시장에서 이루어지는 돈의 흐름만이 아니라 사람과 사람 사이의 소통이기도 하다. 단순한 결제수단이 아니라, 돈을 통해 전해지던 소소한 행복과 정이 있다. 지금은 무감각한 숫자들로 돈을 주고받지만, 손과 손을 통해 주고 받았던 그 감각과 기억이 아직도 소중하게 남아 있다. 이따금 돈이 나에게 주었던 따뜻한 온기가 그립다.

| 오늘의 인생 레시피 | 추억을 생각해.
추억은 그대로 있는 거야.
행복한 기억이야. |

분실물
보관함

분식집 카운터 뒤에 사물함이 하나 있다. 그 안에 내 가방과 서류, 각종 안내문이 들어 있다. 그리고 또 하나, 네모난 박스의 분실물 보관함이 있다.

분실물 보관함에 있는 물건들은 최대 3개월까지 보관된다. 운이 좋아 당일에 손님이 찾으러 오는 경우도 있지만, 버려지거나 그냥 잊히는 것들도 있어 3개월을 꽉 채워 남아 있기도 한다. 대부분은 손님이 스마트폰이나 지갑을 테이블 위에 올려두었다가 음식을 먹은 뒤 그대로 두고 나가는 경우다. 테이블을 닦다가 바로 발견할 때도 있지만, 나도 미처 발견하지 못

하다가 다른 손님이 카운터로 가져와줄 때도 있다. 그래도 스마트폰이나 지갑 같은 분실물은 주인을 빨리 되찾는 경우다.

한 달 전에 있었던 일이다. 한 외국인 여성손님이 구석 자리에서 동영상을 보면서 김밥을 먹었다. 음식을 다 먹고 빈 그릇은 퇴식구로 반납, 그리고 짐을 챙겨 분식집 문을 나섰다. 빈 테이블을 닦고 의자를 정리하기 위해 행주를 들고 자리로 갔는데, 이런! 손님이 동영상을 보던 스마트폰이 아직 그대로 테이블 위에 있는 것이다. 창문 밖을 보니 손님이 보인다. 아직 멀리 가지 않은 모양이다. 나는 손님의 스마트폰을 들고 밖으로 나갔다.

"손님! 손님!! 손님!!!!"

불러도 대답이 없다. 아, 아차! 외국인 손님이다. 그런데 이 손님의 국적을 알 수 없으니 뭐라고 불러야 할지 모르겠다. 그냥 레이디Lady라고 불러야 할까? 아니 그냥 익스큐스 미Excuse me라고 해야 하나? 고민할 시간도 없었다. 그녀가 점점 멀어져갔기 때문이다. 카운터 자리를 비우고 나왔는데 어떻게 해야 하나 고민을 했다. 주방식구들한테라도 말하고 나올 걸. 내 딴에는 손님을 바로 따라잡을 수 있을 거라고 생각했는데 그건 착각이었다. 스마트폰을 들고 분식집으로 다시 돌아갈까 순간 고민하며 멈칫했다가 그냥 달려보기로 했다. 물론 손님이 찾으러 올 때까지 분식집에서 기다릴 수도 있지만, 그사이에 스마트폰이 없어 곤란한 상황이 생길까 봐 꼭 손님에게 되돌려주고 싶었다. 불러도 대답 없는 손님. 나는 손님을 잡기 위해 힘차게 달렸다. 그리고 어느새 손님을 따라잡아 그녀의 어깨를 톡톡 두드렸다. 스마트폰을 그녀에게 보여주었다. 그제야 내 손에 있던 자신의 스마트폰을 발견했는지 "아리가또"라고 말한다. 내가 알아들을 수 있는 단어는 몇 개 없었지만 아무튼 매우 고마워하는 것 같았다. 헉헉거리며 분식집에 다시 돌아오니 한 주방식구가 이렇게 말한다. "나는 너처럼 손님한테 물건을 돌려준다고 뛰어가진 못했을 거야. 대단해."

내가 그렇게까지 한 데에는 다 이유가 있다. 나한테는 그냥 분실물일 수도 있지만, 그 손님에게는 더 없이 소중한 물건일 수도 있기 때문이다.

분식집에서 분실물을 발견하면 발견한 장소와 날짜, 시간을 접착 메모지에 적어 붙여 분실물 보관함에 넣어둔다. 그리고 손님이 분실물을 찾으러 오면 잃어버린 장소와 물건의 종류, 생김새를 물어본다. 그 정보가 정확하게 일치하면 손님에게 반환한다. 지갑이나 신분증이 분실물로 들어올 때는 더욱 철저하게 확인한다.

몇 달 전에 있었던 일인데, 나는 이분을 절대 잊을 수가 없다. 왜냐하면 같은 물건을 같은 자리에 두 번이나 두고 가셨고, 다시 또 찾으러 오셨기 때문이다. 20대 초반의 남성손님이었는데 볶음밥을 주문했다. 다 먹고 빈 그릇은 퇴식구에 반납, 그리고 문밖을 나섰다. 손님이 나간 자리를 정돈하기 위해 테이블로 갔는데 검정색 명품 지갑이 그대로 있다. 적어도 지갑 가격만 백만 원 이상일 텐데⋯⋯. 잃어버릴 새라 얼른 지갑을 챙겨 분실물 보관함에 넣었다. 대략 30분 후쯤 손님이 헐레벌떡 분식집 안으로 들어왔다.

"혹시 두고 간 물건 중에 지갑 없었나요?"
"분실물로 보관하고 있는 지갑이 하나 있긴 해요. 손님 지갑은 어떻게 생겼나요?"
"검은색입니다."
"그리고요?"
"지갑 안에 신분증에 유○○이라고 쓰여 있을 거예요."
나는 지갑 안에 들어있던 신분증 이름까지 확인하고 나서야 손님에게 돌려주었다. 지갑 같은 귀중품을 다른 사람에게 잘못 주었다가는 절도죄가 성립될 수 있기 때문이다.

분실물 중에 가장 기억에 남는 독특한 물건이 하나 있다. 다시 생각해봐도 웃기다. 어느 손님이 두고 갔는지 모르겠는데 테이블 위에 주먹만 한 노란 통이 하나 있었다. 통의 생김새를 보니 교정기 케이스? 아니면 틀니 케이스다. 왠지 모를 찝찝함에 열어보고 싶지는 않았다. 그래서 그냥 통에 장소와 날짜 그리고 시간을 적어 분실물 보관함에 넣어두었다. 혹여 교정기나 틀니가 들어 있다면 바로 찾아오겠지 싶어서다. 그러나 하루가 지나도 일주일이 지나도, 한 달이 지나도 그 노란 통을 찾으러 오는 사람은 없었다. 그런데 어느 날 "따르릉" 분식집 전화벨이 울렸고 수화기 너머로 한 남성의 목소리가 들렸다.

"저기요. 거기 강남역 분식집이죠? 제가 한 달 전쯤 치과를 다녀갔다가 교정기를 두고 간 것 같은데…… 혹시 거기에 있나요?"

"아…… 그러세요? 하나 있긴 해요. 혹시 무슨 색 케이스인가요?"

"노란색이요."

"그렇다면 저희 분식집에 있어요. 안 그래도 언제 찾으러 오시나 궁금해하던 참이었어요."

"제가 치과에 갔다가 어느 식당에서 밥을 먹었는지 까먹었어요. 그래서 네이버 지도로 한참 찾아보다가 전화번호를 발견하

고 연락 드렸습니다. 보관해주셔서 감사합니다. 제가 오늘 찾
으러 가면 저녁 여덟 시쯤 될 것 같은데 괜찮을까요?"

"네. 물론이죠."

그리고 그날 노란색 통, 치아교정기는 분실물 보관함에서 나
올 수 있었다.

이 외에도 아직까지 분실물 보관함에 있는 물건들은 많다. 근
처 병원에서 받은 듯한 진단서, 약국에서 처방받은 약들, 모자,
이어폰케이스, 심지어 소설책도 있다. 달력과 다이어리도 있
다. 부동산에서 작성한 계약서류도 있고 또 수능대비 문제집도
있다. 편지도 있고 메모가 적혀 있는 종잇조각도 있다. 일주일
동안 냉장고에 보관해두었던, 주인을 잃어버린 초콜릿도 있었
다. 나중에는 유통기한이 지나서 쓰레기통에 버려야 했지만 말
이다.

분실물 보관함은 왜 있는 걸까? 사람들이 일상에서 종종 물건
을 잃어버리기 때문이다. 길을 가다가 떨어뜨릴 수도 또는 잠
시 두고 갔을 수도 있고, 어느새 보이지 않게 된 물건도 있다.

이 분실물들은 단순히 그저 그런 물건이 아니라 누군가에게
는 특별한 의미를 지닐 수도 있다. 어떻게 보면 분실물 보관함
은 물건뿐만 아니라 사람들의 잃어버린 소중한 추억을 보관하

고 있는지 모른다. 이 분실물들은 주인이 어서 돌아와 자신과 추억도 찾아가주길 원하고 있을 터이다.

 이곳에 보관된 분실물처럼 나도 모르는 사이에 잃어버렸거나 잊고 사는 소중한 것은 없을까? 있을 때는 몰랐다가 잃어버리고 나서야 소중함을 깨달은 것은 없을까? 일상 속에서 내가 놓치고 있는 것들은 없는지, 되찾고 싶은 것은 없는지 한번 생각해봐야겠다.

퇴근 후 일탈의
즐거움

퇴근. 분식집 문을 닫고 버스를 타러 간다. 버스를 타러 가기 전에 가끔 들르는 곳이 있다. 기분전환이 필요하거나 버스 도착시각이 한참 남을 때 가는 곳이다. 한곳은 옷 가게, 또 한곳은 도너츠 가게 그리고 인형뽑기방이다.

강남역에는 여러 브랜드의 옷가게가 있는데 그중 내가 특히 좋아하는 브랜드가 있다. 스파 브랜드로 가격도 적당하고 트렌디한 디자인의 옷을 팔아서 내 맘에 쏙 든다. 키즈, 여성, 남성 옷이 다 있어 가족들 옷을 사야 할 때면 이곳에 들러 쇼핑하고 집에 간다. 요즘 아들이 성장기라 그런지 키가 쑥쑥 자란다.

올봄에 샀던 바지가 벌써 짧다. 봄에 샀던 긴 팔 실내복을 요즘 입고 다니는데 팔다리 부분이 짤록해져 7부가 되었다. 그 옷을 입고 있는 모습을 보면 품 하고 웃음이 난다. 그래서 며칠 전 가을옷들과 입고 싶다던 뽀글이 양털조끼를 하나 샀다.

 노티드 도너츠. 내 최애 도너츠다. 안에 크림이 꽉 차있다. 한 입 베어 물면 크림이 용암처럼 뿜어져 나오는데 그마저도 스윗 하다. 내가 좋아하는 맛은 우유생크림 맛. 기본 맛이 베스트다. 촉촉하고 폭신한 빵 안에 부드럽고 달콤한 크림. 맛도 맛있지 만 여심을 사로잡기에 완벽한 비주얼까지 모두 다 갖췄다. 하 루에 먹을 칼로리와 당은 이 도너츠 하나면 충분할 것 같지만, 그래도 가끔 먹고 싶을 때가 있다. 평소보다 땀이 많이 나고 기 운이 없을 때, 머리를 많이 써서 지끈지끈거릴 때, 이곳 도너츠 만큼 나의 에너지를 강하고 빠르게 채워주는 것도 없다.

 최근에 분식집 근처에 인형뽑기방이 생겼다. 평소에 손으로 하는 것이라면 자신 있어 하는 편인데 인형뽑기는 왜 이렇게 어려운지 모르겠다. 종종 아들과 3천 원씩 들고 인형을 뽑으러 간다. 어제도 다녀왔다. 이제는 가족 외식할 때 필수코스가 되 어 안 가면 서운할 정도다. 난 인형뽑기에 잼병인가? 아들은 갈 때마다 인형을 뽑을 정도로 금손인데, 나는 한 번도 뽑지 못했다. 요령도, 나름의 기술도 있다던데 아직 나는 습득하지 못했나보다. 그런데 2주 전, 신기한 일이 생겼다. 휴게시간에 인형뽑기방에서 인형을 뽑은 주방식구가 분식집으로 돌아와 "언니~ 선물!" 하고 내 품에 그 인형을 쏙 안겨줬다. 말랑말랑한 오둥이 인형이었는데, 내 머리만 한 크기다. 도대체 이걸 어떻게 뽑았을까 신기하고 또 신기했다. 그날 퇴근길, '그래 한번 시작하면 삼세판이지!' 인형뽑기방에 갔다. 어어어! 두 번째 판에 난생처음으로 달곰이 인형을 뽑았다. 버스 도착시각을 확인해보니 시간이 남았다! 분식집으로 달려가 낮에 나에게 인형을 준 주방 동생에게 내가 뽑은 인형을 선물했다. 이렇게 뿌듯하고 감격이었던 적이 또 언제였나 싶다.

나는 친구들과 만나 맛있는 걸 먹으며 이야기하는 걸 좋아한다. 술자리도 좋아한다. 그런데 나이를 한 살 더 먹어서 그런지 이제는 체력이 마음만큼 따라오지 않는다. 그래서 퇴근 후에 외출을 최대한 자제하려고 한다. 그래도 기분전환이 필요할 때면 집 근처 도서관에 들러 책을 보다가 집에 간다. 책을 보다 보면 시간 가는 줄 모르고 있다가 열람실 문을 닫는다는 안내방송을 듣고 나서야 일어난다. 그래서 요즘은 책 읽기를 좋아하는 아들과 육교에서 만나 같이 도서관에 간다. 이날은 우리의 데이트 날이다. 도서관이 문 닫는 시간까지 말이다.

사색하며 걷는 것도 좋아한다. 노래를 들으면서 흥얼거리며 걷는 것을 좋아한다. 퇴근 후 집 앞 버스정류장에서 바로 내리는 것보다 두세 정거장 전에 내려 걷는다. 노래를 듣거나 명상을 하며 걸으면, 내 머릿속에 있는 잡념들이 사라지고 생각이 정리되기 때문이다. 그리고 하루에 만 보를 걸으면 각종 성인병과 심혈관 질환 예방에도 효과적이라고 한다. 건강에도 좋고 생각을 정리하기에도 좋고, 걷는 것을 마다할 이유가 없다.

하하하, 지금까지 앞에서 나열했던 것들 모두 내가 퇴근 후 즐기는 일탈 행동이지만, 사실 이것보다 더 좋은 것이 있다. 꼬까? 아이스 아메리카노? 레쓰비? 모두 아니다.

누구는 매운 음식을 먹으며 스트레스를 푼다는데, 나는 아니다. 여기 분식집에도 매운맛 음식이 있다. 그것은 바로 떡볶이. 떡볶이 맛이 총 3단계로 기호에 따라 선택할 수 있다. 1단계 보통, 2단계 마계, 3단계 천상. 1단계 보통맛은 신라면 정도, 악마들이 사는 곳인 2단계 마계의 맛은 불닭볶음면 정도의 맵기다. 그리고 하늘나라. 십선을 닦으면 간다고 하는 하늘 위의 세계인 3단계 천상의 맛은, 극락을 갈 정도로 매운맛이다. 나는 스트레스를 받거나 왠지 모를 짜증이 나면 2단계 떡볶이를 먹는다. 2단계만 해도 먹고 나면 속이 쓰리고, 기도를 타고 내려가면서 느껴지는 매운맛 때문에 먹기가 쉽지 않다. 그래서 3단계는 감히 도전할 엄두도 안 난다. 그러다가 내가 정말로 천상에 갈까 봐 걱정이 되기 때문이다.

손님 대부분은 떡볶이를 주문할 때 보통 1단계를 선택한다. 가끔, 그것도 아주 가끔 2단계를 선택하는 사람이 있긴 하다. 엽떡처럼 매운맛을 즐기는 사람이 주문했나 보다. 3단계, 지금까지 3단계를 주문한 사람은 열 명도 안 되는 것 같다. 떡볶이 3단계가 주문서에 찍히면 어느 테이블인지 먼저 유심히 살펴본다. 그의 용감한 도전정신에 박수를 쳐주고 싶기 때문이다.

한번은 이런 일이 있었다. 누가 와사비크래미김밥과 떡볶이 3단계를 주문했다. 김밥에도 와사비가 들어있어서 코가 뻥 뚫릴 지경인데, 여기에 떡볶이를 3단계 맛으로 주문하다니. 누군지 모르겠지만 오늘 작정하고 날을 잡았나 보다. 테이블 번호를 확인하고 손님을 쳐다보는데 어어! 외국인이다! 보통 외국인 손님들은 떡볶이만 먹어도 하하 손부채를 하고, 물을 연거푸 마시는데……. 잘못 주문한 것은 아닐까 싶어 손님이 앉아 있는 테이블로 갔다. 그리고 이 김밥과 떡볶이는 굉장히 매운맛이라고 설명했다. 그 외국인 손님은 아무 일도 아니라는 듯이 시큰둥하게 "괜찮아요"라고 말했다. 우와…… 정말 다 먹었다. 물도 입에 안 대고 다 먹었다. 고통의 매운맛을 즐기는 건지, 매운맛보다 더 괴로운 일이 있어서 먹은 건지는 모르지만 여하튼 남김없이 다 드시고 분식집을 유유히 떠났다.

사실 나의 최애 일탈 행동은 무알코올 맥주를 마시는 것이다. 최근에 제로 칼로리, 제로 슈거가 트렌드인데 이제는 제로 알코올, 논알코올 맥주도 한창이다. 시중에 파는 무알코올 맥주를 제조하는 곳은 많은데, 그중에서 내가 좋아하는 브랜드는 따로 있다. 바로 하이트 제로 0.00이다. 알코올 제로, 칼로리 제로, 슈거 제로로 0.00이다. 제로 슈거여서 그런지 한 캔에 13.8kcal로 다른 무알코올 맥주에 비해 칼로리가 아주 낮은 편이다. 그래서 하루에 두 캔 정도 마셔도 칼로리 부담이 없다. 거기에 알코올이 하나도 안 들어있으니 말 다했지 뭐.

맛은 그냥 맥주다. 일반 맥주에 비해 바디감은 조금 덜하지만 가벼우면서도 산뜻한 목 넘김과 맥주향이 느껴진다. 냉동실에 30분 정도 넣었다가 마시면 그 청량함은 말로 다 할 수 없다. 캔 뚜껑을 딸깍 딸 때부터 기분이 경쾌해진다. 그리고 쏴~ 하고 올라오는 탄산소리를 들으면 내 마음이 콩닥콩닥 설렌다.

그런데 신기하게도 알코올 함량이 0퍼센트인데 19세 미만 청소년들은 살 수가 없다. 인터넷에 찾아보니 아무리 알코올 함량이 낮더라도 맥주라는 음료의 특성과 상징성이 있어 청소년에게는 판매할 수 없다고 한다. 술은 아니지만 마치 술을 마시는 듯한 느낌을 줄 수 있기 때문이다.

바로 이 점이 내가 무알코올 맥주를 마시는 이유다. 알코올이 들어가 있지 않아 아무리 마셔도 취하지 않는다. 그런데 맛과 향까지 모두 맥주와 비슷하기 때문에 마치 술을 마시는 것 같다. 거기다 도파민과 엔도르핀까지 분비되는 것 같다. 그래서 행복과 편안함을 느끼고 하루의 피곤이 누그러진다.

지금도 냉장고에는 쿠팡에서 구매한 무알코올 맥주 12캔이 대기하고 있다. 퇴근하고 오는 나를 기다리면서 말이다. 오늘도 한 잔?!

 오늘의 인생 레시피 | 냉동실에 30분 동안 캔 맥주를 넣어두면 살얼음, 슬러시 맥주를 마실 수 있다.

환자복을 입고 온
손님

내가 일하는 분식집 빌딩에는 여러 회사들과 성형외과, 피부과, 치과가 있고 산부인과도 있다. 산부인과가 있다는 사실은 배달 서비스를 하러 엘리베이터를 타고 올라갔다가 발견하여 알았다. 이 산부인과에는 진료나 검진을 받는 산모들, 그리고 수술과 입원을 하러 오는 환자들이 있다. 그래서 한 층은 진료실과 검사실, 또 한 층은 입원실과 수술실로 되어 있다.

몇 달 전, 분식집을 오픈한 지 얼마 안 된 시간이었다. 열 시에서 열한 시 사이쯤으로 기억된다. 환자복을 입은 여성손님이 분식집 안으로 들어왔다.

"저기요……."

"네?"

"지금 주문하고 계산하면…… 오후 5시 30분에 맞춰서 위에 있는 산부인과 입원실에 음식을 가져다주실 수 있을까요?"

"음…… 네! 배달앱을 이용하면 입원실에서도 음식을 받을 수 있어요."

"아는데요. …… 제가 오후에 수술을 하러 들어가요. 보호자한테 음식을 사다 줘야 하는데, 제가 수술실에 들어가면 주문할 수가 없거든요."

"아…… 그럼 음식 주문하고 먼저 계산해주시면 손님께서 말씀하신 시각에 맞춰 음식을 배달해 드릴게요. 바쁘지 않으면 저희가 직접 배달해드릴 수 있는데, 그때는 저녁시간이라 못 갈 수도 있어요. 그러면 배달대행업체를 써야 해서 죄송하지만 배달비가 추가돼요. 괜찮을까요?"

"네, 괜찮아요. 그럼 시간 맞춰서 입원실로 가져다만 주세요. 부탁합니다."

볶음밥과 김밥, 어묵탕 등 몇 가지 음식을 주문하고 손님이 카드를 내밀었다. 어랏! 손목 바로 위 정맥혈관 쪽에 주삿바늘이 꽂혀 있다. 정확히 말하자면 헤파린 캡이다. 병원에서 정맥 주사나 수액을 주입하고 정맥 내 혈관의 응고를 방지하기 위해 사용하는 의료기기다. 채혈검사를 계속 해야 하거나 수액을 지속적으로 맞을 때 계속 링거 줄을 달아 놓을 수 없으니 마개처럼 잠시 막아둔 것이다. 다시 말하자면, 환자복을 입은 손님 팔뚝에 꽂혀 있는 저 헤파린 캡은 오후에 있을 수술을 입증해주는 것이다.

손님께 주문도 받았고, 요청한 시간에 음식도 가져다 주겠다고 약속까지 했다. 그런데 어째서 내 마음 한편이 불편한 걸까? 손님이 환자복을 입고 와서일까? 곧 수술을 앞두고 있어서일까? 그런 것도 있지만, 아마 과거의 내 모습이 떠올랐기 때문이었을 것이다.

임신했을 때다. 물도 못 삼킬 정도로 입덧이 심했고, 양수도 적어서 아이가 개월 수대로 자라질 못했다. 거기에 천식과 독감까지 걸려 병원에서 입원치료도 받았다. 유산기가 있어 마음대로 움직이지도 못하고 침대에 누워만 있어야 했다. 똑바로 누워도, 엎드려 누워도, 옆으로 돌아누워도 어느 한 자세도 편하지 않았다. 먹으면 먹은 대로 구토하고 불면증까지 생겨 잠도 못 잤다. 뜬눈으로 제왕절개 수술 날짜가 다가오기만을 기다렸다.

제왕절개 수술 전날, 내가 정성 들여 한 일이 있다. 바로 남편과 엄마, 친한 친구에게 편지를 남긴 것이다. 나의 천식 증세와 알레르기 때문에 마취과와 호흡기내과, 산부인과의 협업으로 수술이 이루어졌다. 막상 수술동의서까지 작성하고 나니 실감이 나고 무서워졌다. 텔레비전에서 '임산부가 아이를 낳다가 사망했다'란 뉴스가 기억났기 때문이다. 그래서 평소에 전하지 못했던 고마움과 미안함을 편지에 적었다. 지금 떠올리면 웃기고 뜬금없지만, 나는 진지하게 내가 가진 재산을 가족들에게 얼마씩 분배한다는 유언도 남겼다.

임신을 하면서 회사를 반년 넘게 휴직해야만 했고, 언제 무슨일이 생길지 몰라 제왕절개 수술 전까지 나는 엄마집에서 지내야 했다. 밥도 못 먹고 물도 삼키면 구역질을 해대니 엄마가 특단의 조치를 내렸다. 영양가가 있으면서도 그나마 조금 삼킬 수 있는 국물, 사골국을 끓인 것이다. 요즘도 남동생들은 가끔 이야기한다. 큰누나가 임신했을 때 사골국만 몇 달 먹었는지 아느냐고 말이다. 아주 질리도록 먹었다고 하면서 말이다. 그래도 그 덕분인지 아들 피부가 사골국물처럼 참 뽀얗다. 피부가 고운 아들을 낳은 건 엄마가 정성스럽게 끓여 준 사골국 덕분이다.

수술 당일 아침, 남편과 친정엄마, 시어머님, 시아버지까지 모두 병원으로 오셨다. 손자를 만난다는 기대감이 더 컸겠지만, 딸과 며느리를 수술실로 보내야 하는 불안감도 있었을 거다. 아버님은 마지막까지 내 손을 잡으며 이렇게 말씀하셨다. "진선아, 나는 하나도 걱정 안 한다. 잘 다녀와라." 당시에는 걱정을 안 한다는 말을 곧이곧대로 들어 참 서운했다. 하나뿐인 며느리인데 왜 걱정이 안 되실까 이해가 가지 않았다. 사실 아버님이 그렇게 말하신 건 내가 불안하고 두려워하는 마음이 들까 봐 '걱정하지 말아라'라는 뜻이었는데 그때는 몰랐다. 어리기도 했고 철도 없었다.

수술실에 들어가기 전날, 나는 내 걱정보다 남편과 가족들이 병실에서 기다리는 시간 동안 출출하지는 않을까 걱정이 되었다. 그래서 편의점에 가서 음료수도 사고 과일도 사 놓았다. 고마운 마음과 미안한 마음을 표현하고 싶은데, 어떻게 표현해야 할지 몰랐다. 그리고 어떻게 할 수 있는 방법도 없었다. 그냥 든든하게, 아니 조금이나마 맛있게 그들의 배고픔을 달래주고 싶었다.

환자복을 입고 분식집에 온 그 손님도 나와 비슷한 마음을 가지지 않았을까? 자신이 수술실에 있는 동안 보호자가 밥도 못 먹고 걱정하며 기다릴까 봐 염려했을 것이다. 그리고 보호자를 위해 음식을 준비하면서 "난 괜찮을 거야"라고 서로에게 약속을 한 것이다. 수술 후 자신의 상태가 어떨지 아무도 예상할 수 없지만 보호자에게 전할 음식을 준비하면서 '난 괜찮다', '다시 돌아올 거야' 하고 다짐하는 것 같다. 따스한 위안과 소망 말이다. 어떻게 보면 이 과정들이 손님이 할 수 있는 마지막 배려가 될 수도 있고, 또 본인도 이 수술을 무사히 마치고 다시 일상으로 돌아가겠다는 희망일 수도 있겠다.

음식은 단순히 허기를 채우기 위해 먹는 것만은 아니다. 나와 환자복을 입은 손님처럼, 누군가에게 마음을 전하는 특별한 매개체가 되기도 한다. 소중한 이들에게 감사한 마음과 미안한 마음을 전할 때 음식을 정성껏 준비하고 초대하는 것처럼 말이다. 거창한 말보다는 진심과 정성이 담긴 음식, 이것이 마음속 깊이 전달될 거라 생각한다.

환자복을 입은 손님이 보호자에게 전했던 분식집 음식. 그들에게 따뜻한 매개체가 된 것 같아 내 마음도 뭉클해진다. 갑자기 내가 임신했을 때 엄마가 며칠 몇 시간 동안 뭉근하게 끓여준 사골국이 생각난다. 내일 엄마한테 전화해서 밥 먹자고 말해야겠다.

인생에서 성공하는 방법 중 하나는
좋아하는 음식을 먹고 힘내서 싸우는 것
이다.

어쩌다 분식집,
어쩌다 인생

어쩌다 분식집에 와서 일을 하게 되었고, 지금은 또 어쩌다 이렇게 글을 쓰고 있다. 처음 분식집에서 일을 하게 되었을 때 만 해도 몇 달만 도와주고 그만해야지 싶었는데, 그사이에 많은 일이 있었다. 그러다 보니 벌써 일 년이 넘었다.

한동안 근무환경과 복지가 좋은 대기업과 외국계 회사에서 직장생활을 했다. 책상에 앉아 컴퓨터를 켜고 일과를 시작했다. 과정보다는 결과. 일은 모두 문서와 결과로 나의 가치를 증명해주면 되는 일이었다. 일 년에 두 번 있는 인사평가와 인센티브는 그동안 내가 어떻게 일을 해왔는지 보여주는 지표였다.

회사에서는 복장이나 외모, 휴게시간 등이 자유로웠다. 내 할 일을 알아서 척척 한다면 그 외의 것들은 문제가 되지 않았기 때문이다. 그야말로 나를 드러내고 나의 실력을 보여주며 일하기 참 좋은 곳이었다.

이후 프리랜서로 방과후교사, 강사, 그림 그리는 일을 할 때는 더 자유로웠다. 정해진 수업 일을 제외하고는 남는 시간을 나와 가족을 위해 쓰면 됐다. 초등학생 아이가 있기에 그 시간이 더 필요했고 소중하기도 했다. 이렇게 나의 시간을 나와 가족을 위해, 그리고 발전과 창작을 위해 자유롭게 사용했다.

그랬던 나에게 분식집 일은 쉬운 일이 아니었다. 분식집 오픈 시간에 맞추어 출근해야 하고 정해진 시간에 퇴근해야 한다. 혹시라도 늦으면 손님을 맞이할 수 없기 때문에 눈이나 비가 오는 날이면 평소보다 훨씬 일찍 집을 나섰다. 집에 일이 있거나 가족이 아프기라도 하면 근무 일정을 조정해야 했다. 나 혼자서만 일하는 것이 아니고, 내가 할 일을 누가 대신해줄 수도 없기 때문이다.

주방이나 식당에서 일을 하려면 일단 서서 일하는 것이 기본이다. 하루에 만 보씩 걷는다고는 하지만 걷는 것과 서 있는 것은 엄연히 다르다. 다리가 아프고 쥐도 나고, 밤이 되면 다리가 퉁퉁 붓고 저리다. 압박스타킹을 신고 일한 적도 있다. 그래서 구두 신는 것을 좋아하던 내가 지금은 발이 편한 운동화만 신는다. 원피스도 좋아하고 블라우스도 좋아하고, 샤랄라 예쁜 옷도 좋아하는데 지금은 청바지에 티셔츠다. 어차피 아무리 꾸며도 앞치마를 입어야 하기 때문이다. 더군다나 손님을 응대하고, 또 음식을 서빙하며 움직이려면 편한 옷이 최고다.

헤어스타일도 그렇다. 미용실에서 펌과 염색도 하고, 커트도 하고…… 아침에는 뻗친 곳이 없나 드라이 하고 머리 정돈도 했는데 지금은 그런 거 하나도 필요 없다. 어차피 분식집에 가면 고무줄로 머리를 질끈 묶어야 하기 때문이다. 손님이 먹는 음식에 머리카락이 들어가면 안 되고, 위생상 보기에도 그게 좋다. 사람을 만나는 것과 이야기하는 것을 좋아하지만, 불특정 다수의 손님들을 만나 반복적으로 같은 말을 하며 응대해야 한다. 어떨 때는 컴플레인도 받고 속상한 일도 생긴다.

이 모든 것들이 내가 하는 일이다. 강남역 분식집에서 홀과 카운터 보는 일을 하고 있으니 그 역할에 맞추어 나를 보여줘야 한다고 생각했다.

처음 분식집에서 일했을 때만 해도 새로운 일에 도전한다는 설렘과 용기로 나날이 즐거웠다. 몸은 힘들었지만 마음은 상쾌했다. 하지만 시간이 갈수록 몸도 마음도 지쳐갔다. 자꾸 다짐을 해보려 해도 이게 내가 하고 싶은 일이 맞나? 내가 해야 하는 일이 맞을까? 계속 의문이 들었다. 그러다 나름의 돌파구로 찾아 글을 쓰기 시작했다.

정말 '어쩌다'였다. 우연도 아니고 어쩌다. 기간이 길어지니 어쩌다가 아닌 것처럼 보였지만, 마음속은 '어쩌다'와 물음표가 계속 떠다녔다. 그런데 지금은 다르다. 글쓰기는 사람의 속마음을 표출해주고, 위로가 되어준다고 한다.

남편과 언젠가 이런 말을 했었다.

"나는 언제까지 이 일을 해야 할까? 내가 하고 싶은 일은 이게 아닌데 말이야."

"자기가 하고 싶은 일은 뭔데? 하기 싫으면 언제든지 그만둬도 돼. 그런데 모든 사람이 자기가 하고 싶은 일을 하며 사는 것은 아니야. 나도 회사에 입사했을 때는 원장 일을 하고 싶었거든? 그런데 지금은 모바일 개발 일을 하고 있잖아. 많은 사람들이 그러면서 살아."

"그런데 왜 일을 해?"

"책임감이지. 가장으로서 돈을 벌어다 줘야 한다는 책임감도 있고, 내가 돈을 버니까 우리가 이 집에서 이렇게 먹고살 수 있는 거잖아? 그리고 돈을 벌어야 회사에서 근무하는 시간 외에 내 시간을 보낼 수 있어. 돈이 없으면 시간이 남아도 아무것도 할 수 없어. 그리고 나는 자기랑 아들이 지금 이렇게 맛있는 것도 먹고 여행 다니며 사는 게 좋아. 그리고 이렇게 사는 모습을 보면서 행복해."

어른이 된 이상 하고 싶은 일만 할 수는 없고 책임감이라는 무거운 세 글자에 맞춰서 살아야 하는 것이다. 세상에 살기 위해서 돈은 선택이 아닌 필수조건이기 때문이다. 조금은 이해가 갔다. 내가 분식집에서 일하고 있는 이유를 말이다. 돈보다는 책임감이지만 말이다.

이 길이 내 길인 줄 아는 게 아니라 그냥 길이 그냥 거기 있으니까 가는 거야 ♪
원래부터 내 길이 있는 게 아니라 가다 보면 어찌어찌 내 길이 되는 거야 ♪
내가 너로 살아봤냐 아니잖아 니가 나로 살아봤냐 아니잖아 걔네가 너로 살아봤냐 아니자나
그냥 니 갈 길을 가 ♪
이 사람 저 사람 이러쿵저러쿵 뭐라 뭐라 해도 상관 말고 그

냥 니 갈 길 가 ♪

내가 좋아하는 장기하와 얼굴들의 〈그건 니 생각이고〉라는
노래다. 가사가 현재 나의 심경을 딱 대변해주고 있다.

강남역 분식집에서 일하는 것이 내 길이기 때문에 내가 일하
고 있는 것이 아니라, 그냥 강남역 분식집이 거기에 있으니까
내가 일을 하는 것이다. 내가 지금 겪고 있는 상황을 누가 알아
줄 거라고 기대하지 않는다. 그냥 일을 하다 보면 또 다른 내
길이 보일 것이다. 사람들 말에 이리저리 휩쓸려 다니면 그건
남의 인생이지 내 인생을 사는 것이 아니라는 것이다.

내 길이 처음부터 정해져 있지 않은 거라면 차라리 이 길 저
길 걸어보면서 내 길을 찾으면 된다. 잘못된 길을 걷는 것이 아
니라 내 길을 가는 도중 그저 샛길을 만났을 뿐이다. 그 길 끝
에 절벽이 있을지, 알고 보니 지름길인지는 아무도 알 수 없고
말이다.

이 글을 쓰다 보니 나에게 강남역 분식집은 '어쩌다'가 아니라
는 사실도 깨닫게 되었다. 내가 왜? 하고 수많은 물음표를 남
겼던 '어쩌다'가 지금은 '이것도! 경험이고 과정이지'라며 느낌

표로 바뀐 것이다. 이곳에서 겪었던 일들과 손님과의 만남, 그리고 그 손님들을 보면서 알게 된 배움과 깨달음, 이 모든 것들은 어쩌다 생긴 일이 아니었던 것이다. 내 삶의 여정 중 어쩌면 겪어야만 했던 과정일 수도 있다.

| 오늘의 인생 레시피 | 발견은 준비된 사람이 맞닥뜨린 우연이다. |

어쩌다 강남역 분식집

1판 1쇄 찍음	2025년 1월 30일
1판 1쇄 펴냄	2025년 2월 6일

지은이	윤진선
펴낸이	조윤규
편집	민기범
디자인	홍민지

펴낸곳	(주)프롬북스
등록	제313-2007-000021호
주소	(07788) 서울특별시 강서구 마곡중앙로 161-17 보타닉파크타워1 612호
전화	영업부 02-3661-7283 / 기획편집부 02-3661-7284	팩스 02-3661-7285
이메일	frombooks7@naver.com

ISBN	979-11-94550-01-3 (03810)